शाहकार कहानियाँ

राजेन्द्र सिंह बेदी

अनुवाद
नबी अहमद

संकलन
मुशर्रफ़ आलम ज़ौक़ी

वाणी प्रकाशन

वाणी प्रकाशन
ज्ञान के विविध आयामों के प्रकाशक

वाणी प्रकाशन का 'लोगो' विख्यात चित्रकार मक़बूल फ़िदा हुसेन की कूची से

वाणी प्रकाशन, 4695, 21-ए, दरियागंज, नयी दिल्ली-110002

वाणी प्रकाशन, अशोक राजपथ (पटना कॉलेज के सामने), पटना (बिहार)

SHAHKAR KAHANIYAN : RAJENDRA SINGH BEDI

by Rajendra Singh Bedi

Edited by Musharraf Alam Zauqi

Collection of Short Stories

ISBN : 978-93-5000-206-3

प्रथम संस्करण

मूल्य : 75/-

वाणी प्रकाशन

फोन : 0091#11#23273167, 23275710

फैक्स : 0091#11#23275710

वेबसाइट : www.vaniprakashan.in

ई-मेल : vaniprakashan@gmail.com

vani_prakashan@yahoo.com

आर.टेक ऑफसेट प्रिंटर्स द्वारा दिल्ली-110095 में मुद्रित

राजेन्द्र सिंह बेदी की कहानियाँ

राजेन्द्र सिंह बेदी उर्दू के मुश्किल तरीन फ़नकारों में से एक हैं। बेदी का अपना लहजा है। बेदी अपनी ज़्यादातर कहानियों में मानवीय संवेदनाओं की गुत्थियाँ किसी 'माहिर' की तरह सुलझाते हुए नज़र आते हैं। मानवीय संवेदनाएँ दरअसल बहुत पेचीदा होती हैं। ज्ञान-विज्ञान और मनोविज्ञान के, इसमें इतने तहख़ाने होते हैं, कि छोटा-मोटा फ़नकार इस ख़ाने-तहख़ाने की भूल-भुलैयों में उलझ कर रह जाता है। शायद इसीलिए आमतौर पर बेदी को एक मुश्किल फ़नकार कहा गया है। बेदी इंसानी रिश्तों के चित्रकार हैं। वह एक बार कहानियाँ लिखते हुए इन रिश्तों की सुरंग में दाख़िल हो गये तो फिर उसमें से बाहर नहीं निकल सकते।

1887 के आस-पास उर्दू कहानी की शुरुआत हो चुकी थी। 'नसर' (पद्य) के कुछ बेहतरीन नमूने सामने आ चुके थे। इसी बीच अलीगढ़ मुस्लिम विश्वविद्यालय के 'बानी' सर सैयद अहमद खाँ ने 'गुज़रा हुआ ज़माना' कहानी लिख कर उर्दू वालों को चौंका दिया। ये उर्दू की पहली कहानी थी। सन् 1900 के आस-पास सुलतान हैदर जोश, सज्जाद हैदर यलदरम, प्रेमचंद आदि कितने ही नाम उर्दू कहानी की मशाल को लेकर सामने आ चुके थे। उर्दू कहानी अपनी शुरुआत के साथ ही बुलंदियों पर पहुँच चुकी थी। उस ज़माने में उर्दू

कहानी पर 'एलेक्ज़ेंडर पो' का प्रभाव काफ़ी गहरा था। सुलतान हैदर जोश और ज़्यादातर उर्दू वाले उसके प्रभाव से बाहर ही नहीं निकल सके। ये वो ज़माना था जब हमारा समाज छोटी-छोटी बुराइयों में फँसा हुआ था। राशिदुल ख़ैरी और डिप्टी नज़ीर अहमद जैसे लेखकों ने अपनी कहानियों में इन बुराइयों को हल करने का समाधान ढूँढ़ लिया। दरअसल ये 'इस्लाही' कहानियों का दौर था। ऐसी कहानियाँ एक बड़ी तादाद में कहानी सम्राट प्रेमचंद के यहाँ भी मिल जाएँगी। लेकिन प्रेमचन्द ने समाज या माशरे की इस्लाह का ठेका नहीं उठाया था। प्रेमचन्द कहानी की 'कला' को, समाधान से बोझल या बदरंग नहीं करना चाहते थे। प्रेमचन्द कथा और सत्यकथा के अन्तर से परिचित थे। इसीलिए उनकी कहानियाँ खूबसूरत अंदाज़ में इन सामाजिक बुराइयों की ओर बस हलका सा इशारा कर जाती थीं।

उर्दू का सब से सुनहरा दौर तरक़्क़ीपसंद तहरीक का ज़माना था। सज्जाद ज़हीर तरक़्क़ीपसंदी का मैनिफ़ेस्टो लेकर आये थे। उस वक़्त के ज़्यादातर फ़नकार खुद को तरक्क़ीपसंद कहलाने में गौरव महसूस करते थे।

उर्दू कहानी यद्यपि अपनी शुरुआत से अब तक सौ वर्षों से ज़्यादा का सफ़र तय कर चुकी है। लेकिन उर्दू का सबसे खूबसूरत दौर वही रहा, जो तरक़्क़ीपसंद तहरीक या 'अंगारे' ने दिया। देखते ही देखते उर्दू कहानी के चार सुतून क़ायम हो गये। मंटो, बेदी, कृश्नचन्दर और इस्मत। एक वक़्त था जब कृश्नचन्दर की तूती बोलती थी। लेकिन कृश्नचन्दर की चमक-दमक वक़्त गुज़रने के साथ कुछ कम और मद्धम होने लगी। लेकिन मंटो, इस्मत और बेदी ने बुलंदियों के तमाम आसमान को भी पीछे छोड़ दिया।

ये त्रिकोण प्रेमचंद के बाद मक़बूलियत के 'ज़ीने' दोनों ज़बान में यकसाँ तौर पर चढ़ता नज़र आया है। प्रेमचंद उर्दू में भी लिखते थे और हिन्दी में भी। प्रेमचंद दोनों ज़बानों में कहानी के 'पायनियर' तस्लीम कर लिए गये। ऐसे कम लोग हुए हैं जिन्हें दोनों जबानों का तस्लीम किया गया या जिन्हें एक साथ दोनों ज़बानों में शोहरत मिली हो। मंटो, इस्मत और बेदी ख़ालिस उर्दू में लिखते रहे, लेकिन प्रेमचंद

की तरह हिन्दी पाठकों ने भी इन तीनों को सर आँखों पर बिठा रखा है। विडंबना देखिये, उर्दू से ज़्यादा अब इनकी किताबें हिन्दी में प्रकाशित हो रही हैं।

ये सच है, लेखन भाषा की सीमाओं से पार निकल जाता है। प्रेमचंद, इस्मत और मंटो की तरह बेदी भी भाषा की इन सीमाओं से पार निकल गये हैं। बेदी को पढ़ने के लिए चबा-चबाकर पढ़ने की जरूरत पड़ती है। बेदी को पढ़ना कुछ लोगों की नज़र में एक दुश्वारतरीन काम है, कुछ आलोचकों ने बेदी की भाषा पर भी एतराज़ किया है। मंटो, बेदी और इस्मत ग्लैमरस भाषा का इस्तेमाल करते हैं। इनकी ओर पाठक ख़ुद-ब-ख़ुद खिंचे चले आते हैं। मंटो के यहाँ सुन्दर भाषा के साथ ज़रा भी नाटकीयता नहीं है। जबकि इस्मत चटख़ारेदार भाषा का इस्तेमाल करती हैं। बेदी को कभी-कभी अपनी बात कहने के लिए भाषा की सतह पर काफ़ी जद्दोज़हद करनी पड़ती है। वे सीधी-सीधी भाषा नहीं लिख सकते। सधे हुए जुमले का प्रयोग उनके यहाँ कम से कम मिलेगा। वे इंसानी साइकी की तह तक पहुँचने के लिए भाषा की सतह पर अपने लिए ऊबड़-खाबड़ पगडण्डियाँ ही पसंद करते हैं। शायद इसीलिए बेदी को पढ़ना आसान नहीं, और समझना उससे भी मुश्किल काम है।

बेदी की कहानियों की चयन प्रक्रिया भी आसान नहीं। इसके सम्पादन में मुझे भी अच्छे-खासे पापड़ बेलने पड़े। शायद इसीलिए मैंने बेदी की उन कहानियों को शामिल नहीं किया जो सर्वाधिक चर्चित रही हैं या किसी भी संग्रह में मिल सकती हैं जैसे—अपने दुख मुझे दे दो, लम्बी लड़की, टर्मिनस से परे। मैंने यहाँ उन कहानियों पर ज़्यादा तवज्जोह की जहाँ रिश्तों की कहानियों में, मनोविज्ञान के गहरे रहस्य की तरह एक बहुत पेचीदा फ़नकार बन जाते हैं। लेकिन जिन कहानियों का चयन मैंने किया है, वहाँ तक आम पाठकों को पहुँचने में भी ज़्यादा दिक़्क़त का सामना नहीं करना होगा। आशा है, मेरा यह प्रयास पसंद किया जाएगा।

– मुशर्रफ़ आलम ज़ौक़ी

डी-304, ताज इंक्लेव, लिंक रोड
गीता कॉलोनी, दिल्ली-110031

अनुक्रम

दस मिनट बारिश में

अबूबक्र रोड शाम के अँधेरे में गुम हो रही है। यूँ दिखाई देता है जैसे कोई रास्ता कोयले की दुकान में जा रहा है। तेज़ बारिश में दरविनटा की बाड़, सफ़रीना का गुलाब, क़ुतुब सैयद हुसैन मक्की के मज़ार शरीफ़ के खँडहर में, एक खुलते हुए मुश्की रंग की घोड़ी जिसकी पीठ गीली होकर काले साटन की तरह दिखाई दे रही है। सब भीग रहे हैं—और राटा भीग रही है।

राटा कौन? उसे कल्पवृक्ष कह लो या कामधेनु गाय, या उससे अच्छा राटा—राटा है, फिराया लाल की पत्नी, एक दस साल के आलसी, अनपढ़, बेकामकाज़ी छोकरे की माँ, कुछ महीने हुए काम न होने के कारण ह्यूमापाइप कम्पनी वालों ने फिराया लाल को काम से अलग कर दिया। उस समय से उसके शांत जीवन में दुखद परिस्थितियाँ पैदा होने लगीं। आजीविका की तलाश में न जाने वह कहाँ चल दिया, सुना है कि वह राटा को हमेशा के लिए छोड़ गया है। क्योंकि वह उससे मुहब्बत करती है, और जिस व्यक्ति में मुहब्बत की कमज़ोरी हो, वह ठुकरा दिया जाता है—मिर्चूतेज़ाबी का बयान है कि पोह के एक सर्द, नीले से धुँधलके में उसने फिराया लाल को अपनी ही बिरादरी की औरत के साथ जाते देखा था। वही औरत—कूड़ी, जो अबूबक्र रोड के मकानों में से गमले उठाया करती थी। उन दिनों फिराया लाल बेकार था। बेकार

इंसान के अक़्ल और विचार में जिगर का ख़ून पीने या अत्यधिक मुहब्बत करने के अलावा और कुछ नहीं समाता। कुछ आदमियों ने फिराया को कोट पतली में 'सफ़ें' बनाते हुए देखा है। क़रीब ही कूड़ी एक आगंतुक के साथ मुस्कुरा-मुस्कुरा कर बातें कर रही थी—राटा फिर भी फिराया लाल को दिल से चाहती है। ये मुहब्बत और जुनून के अंदाज़ भी कभी छँटते हैं?—और राटा भीग रही है।

राटा की घोड़ी अबूबक्र रोड पर हमारी कोठी के सामने घूम रही है। वह उसका 'दैजूर' की रात का सा रंग!—केवल उसके हिनहिनाने और कभी-कभी बिजली के कौंधने से उसकी मौजूदगी का ज्ञान होता है। सुबह से बेचारी को दाना नहीं दिया गया। न ही उसकी मोच वाली टांग पर हल्दी लगाई गई है, भूख की मार से बेबस और बिगड़ कर वह आवारा हो गई है। शायद फिराया को ढूँढ़ती होगी। फिराया, जो उसे भी छोड़ कर कूड़ी के साथ चला गया है। कूड़ी जो कोट पतली में किसी दूसरे आगंतुक के साथ मुस्कुरा-मुस्कुरा कर बातें कर रही थी। एक समय में एक दिल के अन्दर मुश्की घोड़ी रह सकती है या कूड़ी। कूडी या राटा—और भूखी मुश्की घोड़ी हिनहिनाती है जैसे कभी सिकन्दर से जुदा होने पर बोसफ़िल्स हिनहिनाता था।

राटा अपने सिर से बोरिये की ओढ़नी उठाकर पूछती है—"बाबूजी—आपने यहाँ रामी नहीं देखी?—रामी—मुश्की घोड़ी।"

मैंने कहा—"रामी? कौन रामी?—अच्छा रामी तुम्हारी मुश्की घोड़ी। अरी! वह दरविनटा की बाड़ के पीछे तो खड़ी है। तुम्हें दिखाई नहीं देती क्या?"

राटा आँखों को सिकोड़ कर बाड़ की ओर देखती है। हक़ीक़त ये है। जब खुलते हुए मुश्की रंग की घोड़ी शाम के समय बारिश में भीग जाती तो वह भी दैजूर की रात का एक अंग बन जाती है, और अँधी, रो-रो कर ज्योति गँवाई आँखों को उसे अँधेरी शाम या शाम के अँधेरे से जुदा करना बहुत मुश्किल हो जाता है—बारिश की रिमझिम, सरस की लम्बी फलियों की खड़-खड़, गिरते हुए पत्तों के दर्द भरे गीत, बादल की गरज, बत्तख़ों की बतबत, मेढकों की टरटराहट पर नालों के शोर, उस कुतिया की ऊँह-ऊँह, जिसने अभी-अभी सात

बच्चों का झोल जना है। और एक बच्चे को मुँह में पकड़े किसी सूखी, नर्म और गर्म स्थान की जिज्ञासु है। सब के शोर-शराबे में भूख़ी घोड़ी की अंतर्भेदी हिनहिनाहट अलग सुनाई देती है।

पराशर कहता है"मैं भीग रहा हूँ और वह भी भीग रही है।"

माँ ख़फ़ा होते हुए कहती है–"गीला–गीला–गीला–तन्दूर बिल्कुल गिरनेवाला हो गया है। एँ? ये मुई कुतिया तन्दूर में छुपी बैठी है। मेरा तन्दूर गिर जाएगा। ये बेवक़्त की बारिशें, राम रे–!"

नन्हे विशुन का फ्राक गिर कर आंगन में पड़ा हुआ यूँ दिखाई देता है जैसे कोई मरी हुई फ़ाख़्ता हो, माँ नाराज है कि मैंने विशुन का फ्राक क्यों नहीं उठाया। हालाँकि राटा की घोड़ी पकड़ने में, मैं सर से पाँव तक भीग गया। माँ इसलिए भी ख़फ़ा है कि मैं पराशर जैसे आवारा मिज़ाज नौजवान के साथ बारिश में लँगोटा बाँध कर नहाने के लिए चला हूँ। माँ का विचार है कि मैं भी उनके साथ रह कर आवारा हो जाऊँगा। हक़ीक़त में माँ के माथे पर बल इसलिए हैं कि मैंने राटा को मुश्की घोड़ी पकड़ने में मदद दी है। घोड़ी को शाम के अँधेरे से अलग करते हुए उसकी अयाल राटा के हाथों में दे दी है और इस काम के जुर्म में उससे छू गया हूँ।

मैंने कहा–"इसी प्रायश्चित्त में तो मैं नहा रहा हूँ, माँ!"

वास्तविकता तो है कि मैं इस तरह का प्रदूषण पसंद करता हूँ। पराशर का क्या वह तो हर तरह का प्रदूषण पसंद करता है–काश! फिराया लाल कभी न आये और राटा को हर एक काम के लिए हमारा आभारी होना पड़े। क्या वह घोड़ी ही पकड़वायेगी, और किसी काम के लिए नहीं कहेगी?

माँ कहती है, लुहार, बढ़ई, चमड़ा रंगने वाले एक ब्राह्मण को चौबीस क़दम, चारु मन बोने वाले अड़तालीस क़दम, मोटा मांस खाने वाले चौंसठ क़दम पर से भ्रष्ट कर सकते हैं। परन्तु मैं माँ को कहता हूँ, माँ! इन लोगों के कारण हम ज़िन्दा हैं। ब्राह्मण खेती की ये लोग बाड़ हैं–और फिर थोड़ी बहुत बुराई सच्चाई को बचाने के लिए सृष्टिकाल से ज़िन्दा हैं। माँ कहती है। कलयुग है बेटा, घोर कलयुग!

माँ विशुन से बातें करती है। परन्तु वास्तव में उसका मक़सद

सब कुछ मुझे सुनाना होता है। "महायज्ञ ब्रह्मा का एक दिन है, कृत-कृतिया, द्वापर इतने लाख वर्षों के हैं। कलयुग चार लाख बत्तीस हज़ार वर्षों का है। पिछले वर्ष चैत के महीने में कलयुग को केवल पाँच हज़ार छब्बीस वर्ष गुज़रे हैं। राम जाने अभी कितने बाक़ी हैं—और ये बेवक़्त की बारिशें।"

"बारिश से काफ़ी सर्दी बढ़ गयी है।" मैंने कहा।

"हाँ भाई—मेरे तो दाँत बजने लगे—चलो बरामदे में चलें।"

"लेकिन अभी बहुत समय तो नहीं हुआ।"

"चाय बन जाएगी। सिगरेट नहीं मिलेगी।"

"कोई बात नहीं! बीड़ियाँ जो हैं मेरे कोट की जेब में।"

"हमारे टी सिंडीकेट को आजकल बारिश बहुत फ़ायदा पहुंचाती है।"

"हाँ—चाय के पौधों की ढलान दक्षिण की ओर है। अबूबक्र रोड का सारा पानी उधर नहीं जाता। परन्तु ज़्यादा बौछार चाय के पौधों के लिए नुक़सानदायक है। जड़ें गल जाने की संभावना है। हल्की-हल्की फुहार का कहना ही क्या—कुछ भी हो। ये बारिश एसोसिएटिड टी सिंडीकेट के लिए लाभकारी सिद्ध होगी। हमारी आमदनी बढ़ जाएगी क्यों—? है ना?"

"हाँ!"

"ईश्वर अपनी दया बारिश के द्वारा भेजता है।"

"हाँ—दया—आमदनी—अरे! राटा की झोंपड़ी की खपरैल उड़ रही है।"

"ईश्वर की दया—"

अब बारिश बहुत ज़्यादा होने लगी है। जैसे सब की सब अबूबक्र रोड पर ही बरस पड़े। नकटेसर के पत्ते बत्तख की पंखों की तरह भीगते नहीं, पानी की बूँदें उन पर पारे की तरह लुढ़कती हैं। कहीं-कहीं अटक कर एक गोल हीरे की तरह दिखाई देती हैं। कुछ अर्से बाद एक बूँद और वहीं टपकता है तो हीरा ज़्यादा गोल और बड़ा हो जाता है। परन्तु नाज़ुक रात की रानी के फूल इस बौछार को सहन नहीं कर सकते—अबूबक्र रोड के किनारे हरी घास उगी

कोठियों में बसने वाले नकटेसर के पत्तों की तरह हैं। बारिश उनकी स्लेट की छतों पर से बहती लुढ़कती हुई अबूबक्र रोड पर आ रही है। बारिश के क़तरे उनके लिए गोल हीरे हैं—परन्तु रात की रानी—राटा सिर झटक देती है। धीरे-धीरे सिर उठाकर खपरैल को बाँधना शुरू कर देती है और अपने भीगते हुए बालों के कारण वोगन वेलिया की सुन्दर बेल दिखाई देती है।

पहले बेचारी मुश्की घोड़ी को ढूँढ़ती फिरती थी। अब ये उसके लिए एक नई मुसीबत है। झोंपड़ी की छत से पानी बहने लगा है। बोरिये की ओढ़नी तो केवल रस्मी है। उसके सभी कपड़े भीग कर शरीर के साथ चिपक गये हैं। शाम के अँधेरे में जब बिजली चमकती है तो वह जैसे नंगी दिखाई देती है।

बारिश में ईश्वर की दया से कोई नर्म और गर्म कपड़े पहनता है तो कोई नंगा हो जाता है। किसी की आमदनी दोगुनी हो जाती है तो किसी की खपरैल टूट जाती है—कोई समूर की रात गुज़ारता है, कोई तनूर की रात!

वोगन वेलिया की बेल को जब ठण्डी हवा हिलाती है तो यूँ दिखाई देता है जैसे कोई हसीना ठण्डी होने के बाद 'लबे-बाम' अपने चमकीले काले बालों को ज़ोर से निचोड़ कर दोनों हाथों से छाँटती है। राटा का बेअकल, आलसी-पागल लड़का झोंपड़ी में सोया पड़ा है। बुझते हुए चूल्हे के पास, गर्म होकर—यदि वह जागता होता तो मुश्की घोड़ी पकड़ने के लिए उसकी माँ को मेरा आभारी न होना पड़ता—फिराया लाल तो चला ही गया है। काश! वह आलसी, लड़का हमेशा की नींद सो जाए।

शायद राटा खपरैल बँधवाने के लिए हमें बुलाये। उसके बारिश के कारण बदन से चिपके हुए कपड़े, बिजली की चमक में उसका बदन कितना सुन्दर और सुडौल दिखाई देता है। लेकिन माँ—माँ कहती है कलयुग है।

—कलकत्ते की मार्किट में चाय कितनी बिकेगी? कितनी उन्नति होगी? मेरी आमदनी बढ़ जाएगी। पराशर की भी—लेकिन वह कमबख़्त बीड़ियाँ पियेगा। चाय के प्यालों के प्याले और शराब और—

"तुझे निकले गिल्टी, हैज़े के तोड़े–सोये का सोया रह जाए तू–" राटा अपने छोकरे को गालियाँ देती है।

राटा को चाय की ज़रूरत नहीं, गालियाँ देते हुए उसक शरीर में काफ़ी गर्मी आ गई है। वह निकम्मा, सुस्त लड़का, उसके साथ खपरैल भी तो नहीं बँधवाता। आराम से बुझते हुए चूल्हे के पास पड़ा है। पानी की छींटें पड़ती हैं तो टांगें सिकोड़ लेता है। जब अन्दर पानी ही पानी हो जाएगा तो वह आँखें मलता हुआ उठेगा। केवल ये कहेगा–"माँ क्या बात है जो इतना शोर मचा रखा है? चैन से सोने भी नहीं देती–" जैसे कोई बात ही नहीं। वह तो शायद यह भी कहे–"मैं ऐसी औरत के घर क्यों पैदा हुआ जो ऐसी-ऐसी गालियाँ देती है, जिसे मेरी कोई ज़रूरत नहीं। कहती है सोये का सोया रह जाए तू–" वह मूर्ख क्या जाने कि जब माँ ये कहती है कि तू सोये का सोया रह जाए तो उस समय वह उसे हमेशा की नींद से बचाने के लिए बर्फ़ीले तूफ़ान में तन्हा बिना मदद के जान तक लड़ा देती है।

अभी भूख की स्थिति में उसकी मुश्की घोड़ी हिनहिना रही थी। जैसे सिकन्दर से जुदा होने पर बोसफिल्स हिनहिनाता था। परन्तु अब वह ख़ामोश है। शायद उसने राटा की बेबसी को देख लिया है और फिराया के प्यार को–अब वह कभी नहीं हिनहिनायेगी।

पराशर बोला–"वह एक बार मदद के लिए इशारा तो करे।"

"मैं कहता हूँ। क्यों न हम स्वयं ही चले जाएं?"

"परन्तु माँ कहती है। कलयुग को केवल पाँच हज़ार वर्ष गुज़रे हैं। राम जाने अभी कितने बाक़ी हैं।"

फिर वही गालियाँ–

"तुझे आवे ढाई घड़ी की–निकले तेरा जनाज़ा ललचाता वा–गोर में पिटे–खून थूके तू–"

शायद वह छोकरा सोचता होगा। मैं क्यों उस औरत के घर पैदा हो गया, जो मुझे गोर से भेजना चाहती है। वह मूर्ख क्या जाने कि हक़ीक़त में वह उसे गोर से बचाने के लिए अपनी जान तक लड़ा रही है। वह दस वर्षीय नासमझ और आलसी छोकरा अब तक अपनी

जगह से नहीं हिला, केवल इसलिए कि राटा को उससे मुहब्बत है जिसका उसे अच्छी तरह एहसास है। वही राटा की ज़िन्दगी का सहारा है। वही उसकी आँखों की रोशनी है। इसलिए तो वह लाचार और अंधी है—यदि राटा फिराया लाल से मुहब्बत न करती, यदि वह उस छोकरे पर अपनी सारी उम्मीदें न लगा देती तो सुखी हो जाती।

अबूबक्र रोड चालू होकर कोयले के खान में जाती हुई दिखाई देती। बहाव के विपरीत एक किसान भीगता हुआ धीरे-धीरे उसी ओर आ रहा है। उसके हाथ में एक बैल की रस्सी है। शायद वह बैल को कहीं से चुरा लाया है। संभवतः उसकी इच्छा है कि हम उसे बरामदे में कुछ देर ठहरने के लिए जगह दे, और ये संभव नहीं, कौन जाने बैल गोबर से बरामदे का फ़र्श ख़राब कर दे। और माँ—फिर चोरी के माल को अपने पास रखना—

"बाबूजी सलाम।" किसान बोला।

"सलाम!" पराशर ने होठों में कहा।

फिर वह अपने कांपते हुए हाथों में से एक गीला कागज़ पराशर के हाथ में दे देता है—'परवाना राहदारी'—यह इस बात का सबूत है कि बैल चोरी का माल नहीं, अपना है, जिसे वह ताल-महल की मण्डी में बेचने के लिए जा रहा है।

बैल, जिसके सींग अन्दर को मुड़े हुए हैं, दुम भी काले बालों में सफ़ेद—

—और जो शेष रहा उसे बारिश ने धो दिया है। कितने बेलगाव होते हैं ये किसान लोग—पहले सींग फिर दुम—उनके लिए जैसे दुम और सींगों के बीच कोई जगह ही नहीं। शरीर का रंग पहले आना चाहिए था। मखमली शरीर! जो बारिश में गीला होकर सफ़ेद साटन की तरह दिखाई देता है। अँधेरे में उसका सफ़ेद रंग नज़र आता है। लेकिन जब बिजली चमकती है तो बैल बिजली का एक हिस्सा बन जाता है—बैल को बहुत ज़ोर से हाँकता है। जैसे शिवजी महाराज को देखकर प्यार से उनका नन्दीगण हाँक रहा हो। बैल सुबह से भूखा है। लेकिन अपने बूढ़े मालिक को प्यार किये जाता है। जबकि वह जानता है कि बूढ़ा कल उसे ताल-महल की मंडी में बेच डालेगा।

हाय! ये मुहब्बत और जुनून के अंदाज़ भी कभी छँटते हैं?

"क्यों बेचते हो इतने सुन्दर बैल को?"

"बाबूजी फ़सलें तबाह हो गई हैं—और माल्या देना है—उफ़! ये बे-बख़त की बारिशें। क्या मैं अन्दर आ जाऊँ, इस छत के नीचे?"

"ऊँहूँ—तुम्हारा ये बैल गोबर से बरामदे को ख़राब कर देगा।"

"मैं साफ़ कर दूँगा बाबूजी! सीसे की तरह—बैल सुबह से भूखा है। इतनी सर्दी कहाँ बरदाश्त करेगा और फिर दूसरी बात नहीं। सिरिफ परवाना राहदारी घुल गया, तो ये बैल चोरी का माल समझा जाएगा। ताल-महल का थानेदार जहाँ ख़ान बड़ा कड़ुवा आदमी है। मार-मार कर अधमरा कर देगा। बैल जाता रहेगा। ताल-महल में इस बैल की क़ीमत पर ही तमाम उम्मीदें लगा रखी हैं—हाय ये बेबख़त की बारिशें—"

"जाओ।" पराशर ने कहा—"हम तुम्हें यहाँ जगह नहीं दे सकते—जाओ—"

किसान सहम कर चला गया। कभी-कभी वह पीछे मुड़ कर देख लेता। जैसे रात को हमारे यहाँ सेंध लगायेगा। "यदि वह सेंध लगाये तो उसका अधिकार है।" मैंने सोचते हुए कहा।

बैल अबूबक्र रोड के चौक में गिर पड़ा है, वह किसान के उठाये—किसी के उठाये न उठेगा। वह नन्दी की तरह किसान को देख कर कभी हाँक नहीं लगायेगा।

फिर मैंने पराशर से कहा। "चाय तैयार है भाई—कितनी प्यालियाँ पियोगे?"

"छह!"

पाराशर—"और दर्जन बीड़ियाँ? कह दो हाँ।"

"ज़्यादा!"

"छी!"

—बारिश और भी तेज़ हो रही है और—और राटा की गालियों की बारिश भी!

राटा की खपरैल गिर चुकी है। दीवारों में दरार पड़ गये हैं। क़रीब ही एक सेठ के तीन मंज़िला का पुस्नाला राटा की झोंपड़ी पर

गिरने लगा है। झोंपड़ी के आस-पास अबूबक्र रोड पर चलते हुए पानी को देख कर 'नूह' (पैग़म्बर) के तूफ़ान का विचार आता है। क्या हम राटा की मदद कर सकते हैं? बावजूद कलयुग के—हमारे बरामदे के अतिरिक्त और कोई नज़दीक पनाह भी तो नहीं है। पराशर खुश है। उसके पास चाय है। बीड़ियाँ हैं—और राटा इधर आ ही जाएगी—"

राटा चारों ओर देख रही है। पराशर कहता है—

"अभी वह कहेगी, मुझे अपने दामन में छुपा लो बाबूजी!"

"कभी नहीं।" मैंने सर हिलाते हुए कहा।

"तो इसके अतिरिक्त, उसे रास्ता ही क्या है?"

ये बारिश का दामन क्या उसके लिए कम है? राटा जैसी औरत को मैं जानता हूँ—जब किसी ऐसे इंसान पर इज़्ज़त के दामन तंग हो जाते हैं—तो स्वयं ही एक बहुत बड़ा दामन उसपे...खुल जाता है।"

—और राटा की तो मुट्ठियाँ बन्द हैं। कभी-कभी वह दाँत पीसते हुए चीख़ती है—

"जवान मरे—कलमुए—मैंने तो रो लिया...तुझे बेचैन...!"

गर्म कोट

मैंने देखा है, मेराजुद्दीन टेलर मास्टर की दुकान पर बहुत से अच्छे-अच्छे कोट टंगे होते हैं। उन्हें देखकर अक्सर मेरे दिल में विचार पैदा होता है क्या मेरा अपना गर्म कोट बिल्कुल फट गया है और इस साल हाथ तंग होने के बावजूद मुझे एक नया गर्म कोट ज़रूर सिलवा लेना चाहिए। टेलर मास्टर की दुकान के सामने से गुज़रने या अपने महकमे के 'तफ़रीह' क्लब में जाने से मना करूँ तो संभव है मुझे गर्म कोट का विचार भी न आये क्योंकि क्लब में जब संशा सिंह यज़दानी के कोटों के सुन्दर वर्स्टेड (WORSTED) मेरी कल्पना के घोड़े का ताज़ियाना लगाते हैं तो मैं अपने कोट के पुराने होने को बड़ी आतुरता से महसूस करने लगता हूँ। यानी वह पहले से कहीं ज़्यादा फट गया है।

बीवी-बच्चों को पेट भर रोटी खिलाने के लिए मुझ जैसे मामूली क्लर्क को अपनी बहुत सी आवश्यकताएँ छोड़ना पड़ती हैं और उन्हें जिगर तक पहुँचती हुई सर्दी से बचाने के लिए स्वयं मोटा-झोटा पहनना पड़ता है—ये गर्म कोट मैंने पिछले साल दिल्ली दरवाज़े से बाहर पुराने कोटों की एक दुकान से मोल ले लिया था। कोटों के सौदागर ने पुराने कोटों की सैकड़ों गांठे ऐरा-गैरा मरांजा, मरांजा एण्ड कम्पनी कराची से मँगवाई थीं। मेरे कोट में नक़ली सिल्क के अंदरूनी

जेब के नीचे मरांजा, मरांजा एण्ड कं., का लेवल लगा हुआ था। परन्तु कोट मुझे मिला बिल्कुल सस्ता। महँगा रोये एक बार सस्ता रोए बार-बार—और मेरा कोट हमेशा ही फटा रहता था।

उसी दिसम्बर की एक शाम को तफ़रीह क्लब से वापस आते हुए मैं अनार कली में से गुज़रा। उस समय मेरी जेब में दस रुपये का एक नोट था। आटा, दाल, ईंधन, बिजली, बीमा कम्पनी के बिल चुका देने पर मेरे पास वही दस का नोट बच रहा था—जेब में दाम हो तो अनार कली में से गुज़रना भी हो सकता है। उस समय अपने आप पर गुस्सा भी नहीं आता। बल्कि स्वयं कुछ भला मालूम होता है। उस समय अनार कली में चारों ओर सूट ही सूट नज़र आ रहे थे और साड़ियाँ, कुछ साल से हर ऐरा-गैरा नत्थू ख़ैरा सूट पहनने लगा है—मैंने सुना है पिछले कुछ साल में कई टन सोना हमारे मुल्क से बाहर चला गया है। शायद इसीलिए लोग शारीरिक सजावट का ध्यान भी अधिक रखते हैं। नये-नये सूट पहनना और खूब शान से रहना हमारी ग़रीबी का प्रत्यक्ष प्रमाण है। वर्ना जो लोग सचमुच अमीर हैं ऐसी शानो-शौकत और दिखावे की बिल्कुल परवाह नहीं करते।

कपड़े की दुकान में वर्स्टेड के थानों के थान खुले पड़े थे। उन्हें देखते हुए मैंने कहा, क्या मैं इस महीने के बचे हुए दस रुपयों में से कोट का कपड़ा ख़रीद कर बीवी-बच्चों को भूखा मारूँ? लेकिन कुछ अर्से के बाद मेरे दिल में नए कोट का विचार तेज़ी से आया। मैं अपने पुराने गर्म कोट का बटन पकड़कर उसे बल देने लगा। चूँकि तेज़-तेज़ चलने से मेरे शरीर में गर्मी आ गई थी। इसलिए मौसम की सर्दी और इस प्रकार के बाहरी प्रभाव मेरे कोट ख़रीदने के इरादे को पूर्ति तक पहुँचाने में असमर्थ रहे। मुझे तो उस समय अपना वह कोट भी सरासर दिखावा नज़र आने लगा।

ऐसा क्यों हुआ? मैंने कहा है जो व्यक्ति वास्तव में अमीर होते हैं वह ज़ाहिरी शान की कुछ फ़िक्र नहीं करते। जो लोग सचमुच अमीर हों उन्हें तो फटा हुआ बल्कि कमीज़ भी दिखावे में दाख़िल समझनी चाहिए तो क्या मैं सचमुच अमीर था कि—?

मैंने घबराकर निजी विवलेशन छोड़ दिया और मुश्किल से दस

का नोट सही सलामत लिए घर पहुँचा।

शमी, मेरी पत्नी, मेरी प्रतीक्षा में थी।

आटा गूँधे हुए उसने आग फूंकनी शुरू कर दी—कमबख़्त मंगल सिंह ने इस बार लकड़ियाँ गीली भेजी थीं। आग जलने का नाम ही नहीं लेती थी। ज़्यादा फूँकें मारने से गीली लकड़ियों में से ज़्यादा धुआँ उठा और शमी की आँखें लाल अंगारा हो गईं। उनसे पानी बहने लगा।

"कमबख़्त कहीं का—मंगल सिंह" मैंने कहा, "उन गीली आँखों के लिए मंगल सिंह तो क्या मैं तमाम दुनिया से जंग करने पर आमादा हो जाऊँ—"

बहुत कोशिशों के बाद लकड़ियाँ धीरे-धीरे चटखने लगीं। आख़िर उन गीली आँखों के पानी ने मेरे गुस्से की आग बुझा दी—शमी ने मेरे कंधे पर सिर रखा और मेरे फटे हुए गर्म कोट में पतली-पतली उँगलियाँ डालते हुए बोली—

"अब तो ये बिल्कुल काम का नहीं रहा।"

मैंने धीमी आवाज़ में कहा—"हाँ!"

"सी दूँ?—यहाँ से—"

"सी दो। यदि कोई एकाध तार निकाल कर रफ़ू कर दो तो क्या कहने हैं।"

कोट को उलटाते हुई शमी बोली—"अस्तर को तो मूई टिड्डियाँ चाट रही हैं—नक़ली रेशम का है ना—ये देखिये।"

मैंने शमी से अपना कोट छीन लिया और कहा—"मशीन के पास बैठने की बजाय तुम मेरे पास बैठो शमी—देखती नहीं हो दफ़्तर से आ रहा हूँ—ये काम तुम उस समय कर लेना जब मैं सो जाऊँ।"

शमी मुस्कुराने लगी।

वह शमी की मुस्कुराहट और मेरा फटा हुआ कोट!

शमी ने कोट स्वयं ही एक ओर रख दिया, बोली—"मैं स्वयं भी इस कोट की मरम्मत करते-करते थक गई हूँ—"इसकी मरम्मत करने में उस गीले ईंधन को जलाने की तरह जान मारनी पड़ती है। आँखें दुखने लगती हैं—आख़िर आप अपने कोट के लिए कपड़ा क्यों

नहीं खरीदते?"

मैं कुछ देर सोचता रहा।

यूँ तो मैं अपने कोट के लिए कपड़ा खरीदना पाप समझता था। परन्तु शमी की आँखें—इन आँखों को तकलीफ़ से बचाने के लिए मैं मंगल सिंह तो क्या पूरी दुनिया से युद्ध करने पर उतारू हो जाऊँ। वर्स्टेड के थानों के थान ख़रीद लूँ। नये गर्म कोट के लिए कपड़ा खरीदने का विचार दिल में पैदा हुआ ही था कि पुष्पामनी भागती हुई कहीं से आ गई, आते ही बरामदे में नाचने और गाने लगी। उसकी हरकतें कथाकली मदिरा से ज़्यादा नशीली थीं।

मुझे देखते ही पुष्पामनी ने अपना नाच और गाना ख़त्म कर दिया। बोली—

"बाबूजी—आप आ गये?—आज बड़ी बहन जी ने कहा था। मेज़पोश के लिए दो सूती लाना और गर्म कपड़े पर काट सिखाई जाएगी। गनिया बाप के लिए और गर्म कपड़ा—"

चूँकि उस समय मेरे गर्म कोट ख़रीदने की बात हो रही थी। शमी ने ज़ोर से एक चपत उसके मुँह पर लगाई और बोली—

"इस जन्मजली को हर समय कुछ न कुछ ख़रीदना ही होता है—मुश्किल से उन्हें कोट सिलवाने पर राज़ी कर रही हूँ—"

—पुष्पामनी का रोना और मेरा नया कोट!

मैंने आदत के विपरीत ऊँची आवाज़ में कहा। "शमी!"

शमी काँप गई। मैंने गुस्से से आँखें लाल करते हुए कहा—"मेरे इस कोट की मरम्मत कर दो—अभी—किसी तरह करो—ऐसे जैसे रो-पीट कर मंगल सिंह की गीली लकड़ियाँ जला लेती हो—तुम्हारी आँखें! हाँ! याद आया—देखो तो पुष्पामनी कैसे रो रही है। पोपी बेटा! इधर आओ ना—इधर आओ मेरी बच्ची! क्या कहा तुमने? बोलो तो—दो सूती? गनिया नाप के लिए और काट सीखने को गर्म कपड़ा?—बच्चू नन्हा भी तो ट्राइस्कल का राग अलापता और गुब्बारे के लिए मचलता सो गया होगा। उसे गुब्बारा न ले दोगी तो मेरा कोट सिल जाएगा। है ना?—कितना रोया होगा बेचारा—शमी! कहाँ है बच्चू?" बच्चू आ गये आँधी और बारिश की तरह शोर मचाते हुए।

मैंने शमी को खुश करने के लिए नहीं बल्कि यूँ ही काफूरी रंग के मीनाकार कांटे सब से पहले लिखे। अचानक रसोई की ओर मेरी नज़र उठी। चूल्हे में लकड़ियाँ धड़-धड़ जल रही थीं—और उधर शमी की आँखें भी दो मोती चमकते हुए सितारों की तरह प्रकाशमय थीं। मालूम हुआ कि मंगल सिंह गीली लकड़ियाँ वापस ले गया है।

"वह शहतूत के डण्डे जल रहे हैं और खोखा—" शमी ने कहा।

"और उपले?"

"जी हाँ, उपले भी—"

"मंगल सिंह देवता है—शायद मैं भी जल्दी ही गर्म कोट के लिए अच्छा सा वर्स्टेड ख़रीद लूँ ताकि तुम्हारी आँखें यूँ ही चमकती रहें। इन्हें तकलीफ़ न हो—इस माह की तनख़्वाह में तो गुंजाइश नहीं—अगले महीने ज़रूर—ज़रूर—"

"जी हाँ, जब सर्दी बीत जाएगी—"

पुष्पामनी ने कई चीजें लिखाईं। दो सूती, गनिया नाप के लिए गर्म ब्लीज़र हरे रंग का, एक वर्ग गज़, डी. एम. सी. के गोल, गोटे की मग़ज़ी—और अमरितियाँ और बहुत से गुलाब जामुन—मुई ने सब कुछ ही तो लिखवा दिया। मुझे दाइमी क़ब्ज़ था। मैं चाहता था कि यूनानी दवाख़ाने से इतरीफल ज़मानी का एक डिब्बा भी ला रखूँ। दूध के साथ थोड़ा सा खाकर सो जाया करूँ। परन्तु मुई पुष्पा ने उसके लिए गुंजाइश ही कहाँ रखी थी, जब पुष्पामनी ने कहा, "गुलाब जामुन" तो उसके मुँह में पानी भर आया। मैंने कहा सब से ज़रूरी चीज़ तो यही है—शहर से वापस आने पर मैं गुलाब जामुन वहाँ छुपा दूँगा, जहाँ सीढ़ियों में बाहर जमादार अपना दूध का कलसा रख दिया करता है और पुष्पा से कहूँगा कि मैं तो लाना ही भूल गया तुम्हारे लिए गुलाब जामुन—ओ हो!—उस समय उसके मुँह में पानी भर आएगा और गुलाब जामुन न पाकर उसकी अजीब कैफ़ियत होगी।

फिर मैंने सोचा बच्चू तो सुबह से गुब्बारे और ट्राइस्कल के लिए ज़िद कर रहा था। मैंने एक बार अपने आप से सवाल किया, "इतरीफ़ल ज़मानी?" शमी बच्चू को पुचकारते हुए कह रही थी—"बच्चू बेटी को ट्राइस्कल ले दूँगी, अगले महीने—बच्चू बेटी सारा दिन

चिल्लाया करेगी ट्राइस्कल—पोपी मुन्ना कुछ नहीं लेगा—"

बच्चू चिल्लाया करे "गी" और पोपी मुन्ना नहीं ले "गा!"

—और मैंने शमी की आँखों की क़सम खाई कि जब तक ट्राइस्कल के लिए छह सात रुपये जेब में न हों, मैं नीले गुंबद के बाज़ार से न गुज़रूँगा। इसलिए कि दाम न होने की स्थिति में नीले गुंबद के बाज़ार से गुज़रना ठीक नहीं है। अकारण अपने आप पर गुस्सा आएगा। अपनी ओर से नफ़रत पैदा होगी।

उस समय शमी बलजीमी आईने की बैजुई टुकड़ी के सामने अपने काफ़ूरी सफ़ेद सूट में खड़ी थी। मैं चुपके से उसके पीछे जा खड़ा हुआ और कहने लगा—"मैं बताऊँ तुम इस समय क्या सोच रही हो?"

"बताओ तो जानूँ—"

"तुम कह रही हो, काफ़ूरी सफ़ेद सूट के साथ वह काफ़ूरी रंग के मीनाकार काँटे पहनकर ज़िलादार की पत्नी के यहाँ जाऊँ तो दंग रह जाए—"

"नहीं लो" शमी ने हँसते हुए कहा—"आप मेरी आँखों से प्यार करते तो कभी का गर्म—"

मैंने शमी के मुँह पर हाथ रख दिया। मेरी खुशी लाचारी में बदल गई। मैंने धीरे से कहा—"बस—उधर देखो—अगले महीने—ज़रूर ख़रीद लूँगा—"

"जी हाँ, जब सर्दी..."

—फिर मैं अपनी इस हसीन दुनिया को, जिसकी रचना पर, केवल दस रुपये खर्च होते थे, कल्पना में बसाये बाज़ार चला गया।

मेरे अतिरिक्त अनार कली से गुज़रने वाले हर सज्जन व्यक्ति ने गर्म सूट पहन रखा था। लाहौर के एक हृष्ट-पुष्ट जेण्टलमैन की गर्दन नेकटाई और कलफ़ वाले कालर के कारण मेरे छोटे भाई के पालतू कुत्ते 'टाइगर' के गर्दन की तरह अकड़ी हुई थी। मैंने इन सूटों की ओर देखते हुए कहा—

"लोग सचमुच दरिद्र हो गये हैं—इस महीने न मालूम कितना सोना-चाँदी हमारे मुल्क से बाहर चला गया है।" काँटों की दुकान

पर मैंने कई जोड़ियाँ काँटे देखे। अपने विचार के पक्केपन से मैं शमी की काफ़ूरी सफ़ेद सूट पहने मस्तिष्क में बसे तस्वीर को काँटे पहनाकर पसन्द या न पसन्द कर लेता—काफ़ूरी सफ़ेद सूट—काफ़ूरी मीनाकार काँटे...

विभिन्न प्रकार के कार्यों के कारण मैं एक भी चुन न सका। उस समय बाजार में मुझे यज़दानी मिल गया। वह तफ़रीह क्लब से जो वास्तव में प्रैलक्लब था, पन्द्रह रुपये जीत कर आया। आज उसके चेहरे पर अगर लाली और ताज़गी की लहर दिखाई देती थीं तो कुछ आश्चर्य की बात न थी। मैं एक हाथ से अपनी जेब की सलवटों को छुपाने लगा। निचले बाएँ जेब पर एक रुपया के बराबर कोट से मिलते हुए रंग का पैबन्द बहुत ही भद्दा दिखाई दे रहा था—मैं उसे भी एक हाथ से छुपाता रहा। फिर मैंने दिल में कहा, क्या आश्चर्य यज़दानी ने मेरे कंधे पर हाथ रखने से पहले मेरी जेब की सलवटें और वह रुपया के बराबर कोट का पैबन्द देख लिया हो—उसकी भी प्रतिक्रिया शुरू हुई और मैंने दिलेरी से कहा—

"मुझे क्या परवाह है—यज़दानी मुझे कौन सी थैली दे देगा—और इसमें बात ही क्या है। यज़दानी और संता सिंह ने बार-बार मुझसे कहा कि वह स्वच्छ मन-मस्तिष्क की ज़्यादा परवाह करते हैं और वर्स्टेड की कम!

मुझसे कोई पूछे। मैं वर्स्टेड की ज़्यादा परवा करता हूँ स्वच्छ मन मस्तिष्क की कम!"

यज़दानी चला गया और जब तक वह नज़र से ओझल न हो गया मैं ग़ौर से उसके कोट के सुन्दर वर्स्टेड को पीछे से देखता रहा।

फिर मैंने सोचा कि सबसे पहले पुष्पामनी के गुलाब जामुन और अमरितियां ख़रीदनी चाहिए। कहीं वापसी पर सचमुच भूल ही न जाऊँ। घर पहुँचकर उन्हें छुपाने से खूब तमाशा रहेगा। मिठाई की दुकान पर खौलते हुए रोग़न में कचौरियाँ खूब फूल रही थीं। मेरे मुँह में पानी भर आया। इस तरह जैसे गुलाब जामुन की कल्पना से पुष्पामनी के मुँह में पानी भर आया था। कब्ज़ और इतरीफल ज़मानी के विचार के बावजूद मैं सफ़ेद पत्थर की मेज़ पर कोहनियाँ टिकाकर

बहुत चाव से कचौरियां खाने लगा।

हाथ धोने के बाद जब पैसों के लिए जेब टटोली तो उसमें कुछ भी न था। दस का नोट कहीं गिर गया था।

कोट की अन्दरूनी जेब में एक बड़ा छेद हो रहा था। नक़ली रेशम को टिड्डियाँ चाट गई थीं। जेब में हाथ डालने पर उस जगह जहाँ मरांजा, मरांजा एण्ड कम्पनी का लेबल लगा हुआ था मेरा हाथ बाहर निकल आया। नोट वहीं से बाहर गिर गया होगा।

एक क्षण मैं यूँ दिखाई देने लगा जैसे कोई भोली सी भेड़ अपनी सुन्दर, मुलायम सी ऊन उतर जाने पर दिखाई देने लगती है।

हलवाई भाँप गया। स्वयं ही बोला—"कोई बात नहीं बाबूजी—पैसे कल आ जाएँगे।"

मैं कुछ न बोला—कुछ बोल ही न सका।

केवल 'शुक्रिया' व्यक्त करने के लिए मैंने हलवाई की ओर देखा। हलवाई के पास ही गुलाब जामुन चाशनी में डूबे पड़े थे। रोग़न में फूलती हुई कचौरियों के धुएँ में से आतिशें सुर्ख़ अमरितियाँ जिगर पर दाग़ लगा रही थीं—और ज़ेहन में पुष्पामनी की धुँधली सी तस्वीर फिर गई।

मैं वहाँ बादामी बाग़ की ओर चल दिया और आध-पौन घंटे के क़रीब बादामी बाग़ की रेलवे लाइन के साथ-साथ चलता रहा। इस बीच जंक्शन की ओर से एक मालगाड़ी आई। उसके पाँच मिनट बाद एक शंट करता हुआ इंजन जिसमें से दहकते हुए सुर्ख़ कोयले लाइन पर गिर रहे थे, परन्तु उस समय क़रीब ही साल्ट रिफ़ाइनरी में से बहुत से मज़दूर ओवर टाइम लगाकर लौट रहे थे—मैं लाइन के साथ-साथ दरिया के पुल की ओर चल दिया। चाँदनी रात में सर्दी के बावजूद कालेज के कुछ मनचले नौजवान कश्ती चला रहे थे।

"क़ुदरत ने अजीब सज़ा दी है मुझे।" मैंने कहा—पुष्पामनी के लिए गोटे की मग़ज़ी, दो सूती, गुलाब जामुन और शमी के लिए काफ़ूरी मीनाकार काँटे ख़रीदने से बढ़कर कोई पाप घटिया हो सकता है? किस बेरहमी और बेदर्दी से मेरी एक सुन्दर लेकिन बहुत सस्ती दुनिया बरबाद कर दी गई है।

‘‘जी तो चाहता है कि मैं भी कुदरत का एक शाहकार तोड़-फोड़ कर रख दूँ।’’

‘‘इस मौसम में तो रावी का पानी घुटने-घुटने से ज़्यादा कहीं नहीं होता।’’

‘‘सारा पानी तो ऊपर से दोआब ले लेती है और यूँ भी आजकल पहाड़ों पर बर्फ़ नहीं पिघलती’’—दूसरे ने कहा।

मैं लाचार घर की ओर लौटा और निहायत बे-दिली से जंज़ीर हिलाई।

मेरी इच्छा और अंदाज़े के अनुसार पुष्पामनी और बच्चू नन्हा बहुत देर हुई दहलीज़ से उठ कर बिस्तरों में जा सोये थे। शमी चूल्हे के पास शहतूत के हल्के गर्म कोयलों को तापती हुई कई बार ऊँघी और कई बार चौंकी थी। वह मुझे ख़ाली हाथ देख ठिठक गई। उसके सामने मैंने चोर जेब के अन्दर हाथ डाला और लेबल के नीचे से निकाल लिया। शमी सब कुछ समझ गई। वह कुछ न बोली—कुछ बोल ही न सकी।

मैंने कोट खूँटी पर लटका दिया। मेरे पास ही दीवार का सहारा लेकर शमी बैठ गई और हम दोनों सोये हुए बच्चों और खूँटी पर लटके हुए गर्म कोट को देखने लगे।

यदि शमी ने मेरा इंतज़ार किये बिना वह काफ़ूरी सूट बदल दिया होता तो शायद मेरी हालत इतनी बदली हुई न होती।

यज़दानी और संतासिंह तफ़रीह क्लब में प्रैल खेल रहे थे। उन्होंने दो-दो घूँट पी भी रखी थी। मुझसे भी पीने के लिए ज़िद करने लगे। परन्तु मैंने इंकार कर दिया। इसलिए कि मेरी जेब में दाम न थे। संता सिंह ने अपनी ओर से एकाध घूँट ज़बरदस्ती मुझे भी पिला दिया। शायद इसलिए कि वह जान गये थे कि उसके पास पैसे नहीं हैं। या शायद इसलिए कि वह ज़ेहनी तरक़्क़ी की वर्स्टेड से ज़्यादा परवाह नहीं करते थे।

यदि मैं घर में उस दिन शमी को वही काफ़ूरी सफ़ेद सूट पहने हुए देख कर न आता तो शायद प्रैल में क़िस्मत आज़माई करने को मेरा जी भी न चाहता। मैंने कहा काश! मेरी जेब में भी एक दो रुपये

होते। क्या अजब था कि मैं बहुत से रुपये बना लेता–परन्तु मेरी जेब में कुल पौने चार आने थे।

यज़दानी और संता सिंह बहुत ही अच्छे वर्स्टेड के सूट पहने नेक आलम क्लब के सेक्रेटरी से झगड़ रहे थे। नेक आलम कह रहा था कि वह तफ़रीह क्लब को प्रैल क्लब और 'बार' बनते हुए कभी नहीं देख सकता। उस समय मैंने एक मायूस आदमी के विशेष अंदाज़ में जेब में हाथ डाला और कहा–"बीवी-बच्चों के लिए कुछ ख़रीदना कुदरत के नज़दीक गुनाह है। इस हिसाब से प्रैल खेलने के लिए तो उसे अपनी गिरह से दाम देने चाहिए। ही ही–ग़ी ग़ी–"

अन्दरूनी कैसा–बाईं निचली जेब–कोट में पीठ की ओर मुझे कोई काग़ज़ सरकता हुआ मालूम हुआ। उसे सरकाते हुए–मैंने दाईं जेब के छेद के नज़दीक जा निकाला।

–वह दस रुपये का नोट था जो उस दिन अंदरूनी जेब की तह के छेद में से गुज़र कर कोट के अंदर ही अंदर गुम हो गया था।

उस दिन मैंने क़ुदरत से इंतक़ाम लिया। मैं उसकी इच्छा के अनुसार प्रैल-ब्रैल न खेला। नोट को मुट्ठी में दबाये घर की ओर भागा। यदि उस दिन मेरा इन्तज़ार किये बिना शमी ने भी वह काफ़ूरी सूट बदल दिया होता तो मैं ख़ुशी से यूँ दीवाना कभी न होता।

हाँ, फिर चलने लगा वही कल्पना का दौर। जैसे एक हसीन से हसीन दुनिया की रचना में दस रुपये से ऊपर एक दमड़ी भी खर्च न आती। जब मैं बहुत सी चीज़ों की लिस्ट बना रहा था। शमी ने मेरे हाथ से काग़ज़ छीन कर पुर्ज़े-पुर्ज़े कर दिया और बोली–

"इतने क़िले मत बनाइये, फिर नोट को नज़र लग जाएगी।"

"शमी ठीक कहती है।" मैंने सोचते हुए कहा–"न कल्पना इतनी रंगीन हो और न 'महरूमी' से इतना दुख पहुँचे।"

फिर मैंने कहा–"एक बात है शमी! मुझे डर है कि नोट फिर कहीं मुझसे गुम न हो जाए–तुम्हारी खेमो पड़ोसन बाज़ार जा रही है उसके साथ जाकर तुम ये सब चीज़ें स्वयं ही ख़रीद लाओ–काफ़ूरी मीनाकार काँटे–डी. एम. सी. के गोले, मग़ज़ी–और देखो पोपी मुन्ना के लिए गुलाब जामुन ज़रूर लाना–ज़रूर–"

शमी ने खेमो के साथ जाना मंज़ूर कर लिया और उस शाम शमी ने कश्मीरे का एक वह सूट पहना जो उसे दहेज में माँ-बाप ने दिया था।

बच्चों के शोर से मेरी तबीयत बहुत घबराती है। परन्तु उस दिन मैं देर तक बच्चू नन्हे को उसकी माँ की ग़ैर-हाज़िरी में बहलाता रहा। वह रसोई से ईंधन की कोल्फी, गुस्लख़ाने, आधी छत पर–सब जगह उसे ढूँढ़ता फिरा। मैंने उसे पुचकारते हुए कहा।

वह ट्राइस्कल लेने गई है–नहीं जाने दो, ट्राइस्कल गंदी चीज़ होती है, अख़ थू–गुब्बारा लाएगी, बीवी तुम्हारे लिए, बहुत सुन्दर गुब्बारा–"

बच्चू बेटी ने मेरे सामने थूक दिया। बोली–"ए–ई–गंडी।"

मैंने कहा–"कोई देखो तो–कैसा बेटियों जैसा बेटा है।"

पुष्पामनी को भी मैंने गोद में ले लिया और कहा–"पोपी मुन्ना–आज गुलाब जामुन जी भर कर खायेगा!–"

उसके मुँह में पानी भर आया। वह गोदी से उतर पड़ी और बोली–"ऐसा मालूम होता है जैसे एक बड़ा सा गुलाब जामुन खा रही हूँ।"

बच्चू रोता रहा। पुष्पामनी कथाकली मदिरा से ज़्यादा हसीन नाच बरामदे में नाचती रही।

मुझे मेरी कल्पना की उड़ान से कौन रोक सकता था। कहीं मेरे कल्पना के क़िले ज़मीन पर न आ रहें। इसी डर से तो मैंने शमी को बाज़ार भेजा था। मैं सोच रहा था। शमी अब घोड़े अस्पताल के क़रीब पहुँच चुकी होगी–अब कॉलेज रोड के नुक्कड़ पर होगी–अब गंदे इंजन के पास–

और एक निहायत धीमी आवाज़ से जंज़ीर हिली।

शमी सचमुच आ गई थी दरवाज़े पर।

शमी अन्दर आते हुए बोली, "मैंने दो रुपये खेमो से उधार लेकर भी ख़र्च कर डाले हैं।"

"कोई बात नहीं।" मैंने कहा।

फिर बच्चू, पोपी मुन्ना और मैं शमी के आगे-पीछे घूमने लगे।

परन्तु शमी के हाथ में एक बण्डल के अतिरिक्त कुछ न था। उसने मेज़ पर बण्डल खोला–

–वह मेरे कोट के लिए बहुत सुन्दर वर्स्टेड था।

पुष्पामनी ने कहा। "बीबी, मेरे गुलाब जामुन–"

शमी ने ज़ोर से एक चपत उसके मुँह पर लगा दी।

भोला

मैंने माया को पत्थर के एक कूज़े में मक्खन रखते देखा। छाछ की खटास को दूर करने के लिए माया ने कूज़े में पड़े हुए मक्खन को कुएँ के साफ़ पानी से कई बार धोया। इस तरह मक्खन के जमा करने की कोई ख़ास वजह थी। ऐसी बात साधारणतः माया के किसी रिश्तेदार के आने का पता देती थी। हाँ! अब मुझे याद आया। दो दिन के बाद माया का भाई अपनी विधवा बहन से राखी बँधवाने के लिए आने वाला था। यूँ तो अक्सर बहनें भाइयों के हाँ जाकर उन्हें राखी बाँधती हैं। परन्तु माया का भाई अपनी बहन और भांजे से मिलने के लिए स्वयं ही आ जाया करता था और राखी बँधवा लिया करता था। राखी बँधवाकर वह अपनी विधवा बहन को यही विश्वास दिलाता था कि यद्यपि उसका सुहाग लुट गया है मगर जब तक उसका भाई ज़िन्दा है, उसकी रक्षा, उसकी हिफ़ाज़त की ज़िम्मेदारी अपने कंधों पर लेता है।

नन्हे भोले ने मेरे इस विचार की पुष्टि कर दी। गन्ना चूसते हुए उसने कहा :

"बाबा! परसों मामा आएंगे ना—?"

मैंने अपने पोते को प्यार से गोद में उठा लिया। भोले का शरीर बहुत नर्म और नाज़ुक था और उसकी आवाज़ बहुत सुरीली थी जैसे

कमल की पत्तियों की नज़ाकत और सफ़ेदी, गुलाब की लाली और बुलबुल की .ख़ुशी को इकट्ठा कर दिया गया हो। यद्यपि मेरी लम्बी और घनी दाढ़ी से घबरा कर मुझे अपना मुँह चूमने की इजाज़त न देता था। इसलिए मैंने ज़बरदस्ती उसके लाल गालों पर प्यार की मुहर लगा दी। मैंने मुस्कुराते हुए कहा–

"भोले, तेरे मामा...तेरी माता श्री के क्या होते हैं?"

भोले ने कुछ संकोच के बाद जवाब दिया, "मामा जी!"

माया ने स्तोत्र पढ़ना छोड़ दिया और खिलखिलाकर हँसने लगी। मैं अपनी बहू के इस तरह खुल कर हँसने पर दिल ही दिल में बहुत खुश हुआ। माया विधवा थी और समाज उसे अच्छे कपड़े पहनने और .ख़ुशी की बात में हिस्सा लेने से भी रोकता था। मैंने कई बार माया को अच्छे कपड़े पहनने, हँसने-खेलने का आग्रह करते हुए समाज की चिंता न करने के लिए कहा था। लेकिन माया ने स्वयं अपने आपको समाज के जीवन-संघर्ष वाले कामों के अधीन कर लिया था। उसने अपने सभी अच्छे वस्त्र और आभूषण की पोटली एक संदूक़ में ताला लगा करके चाबी एक जोहड़ में फेंक दी थी।

माया ने हँसते हुए अपना पाठ जारी रखा।

हरिहर, हरिहर,
हरिहर, हरि
मेरे हरि क्यों देर इतनी करी।

फिर उसने अपने लाल को प्यार से बुलाते हुए कहा–

"भोले–तुम नन्ही के क्या होते हो?"

"भाई!" भोले ने जवाब दिया।

"इसी तरह तेरे मामा मेरे भाई हैं।"

भोला ये बात न समझ सका कि एक ही आदमी किस तरह एक ही समय में किसी का भाई और किसी का मामा हो सकता है। वह तो अब तक यही समझता आया था कि उसके मामा उसके बाबाजी के भी मामा हैं। भोले ने इस झंझट में पड़ने की कोशिश न की और उचककर माँ की गोद में जा बैठा और अपनी माँ से गीता सुनने के लिए ज़िद करने लगा। वह गीता केवल इस कारण सुनता

था कि वह कहानियों का शौक़ीन था और गीता के अध्याय के अंतिम में महातम सुन कर वह प्रसन्न होता और फिर जोहड़ के किनारे उगी हुई दूब की मख़मली तलवारों में बैठ कर घंटों इन महातमों पर विचार किया करता।

मुझे दोपहर को अपने घर से छह मील दूर अपने किसानों को हल पहुँचाने थे। बूढ़ा शरीर, उस पर मुसीबतों का मारा हुआ, जवानी के दिनों में तीन-तीन मन बोझ उठाकर दौड़ा चला जाता। परन्तु अब बीस सेर बोझ के नीचे गर्दन पिचकने लगती है। बेटे की मौत ने आशा को निराशा में बदलकर कमर तोड़ दी थी। अब मैं झूले के सहारे ही जीता था। अन्यथा वास्तविकता तो यह थी कि मैं मर चुका था।

रात में थकान के कारण बिस्तर पर लेटते ही ऊँघने लगा। थोड़ी देर ठहरने के बाद माया ने मुझे दूध पीने के लिए आवाज़ दी। मैं अपनी बहू के सौभाग्य पर दिल ही दिल में बहुत ही प्रसन्न हुआ, और उसे सैकड़ों आशीर्वाद देते हुए मैंने कहा–

"मुझ बूढ़े की इतनी परवाह न किया करो बेटे।"

भोला अभी तक न सोया था। उसने एक छलाँग लगाई और मेरे पेट पर चढ़ गया। बोला–

"बाबा जी! आप आज कहानी नहीं सुनाएँगे क्या?

"नहीं बेटा"–मैंने आसमान पर निकले हुए सितारो को देखते हुए कहा–"मैं आज बहुत थक गया हूँ–कल दोपहर को तुम्हें सुनाऊँगा।"

भोले ने रूठते हुए जवाब दिया–"मैं तुम्हारा भोला नहीं बाबा। मैं माता जी का भोला हूँ।"

भोला भी जानता था कि मैंने उसकी ऐसी बात को कभी सहन नहीं किया। मैं प्रायः उससे यही सुनने का आदी था कि भोला बाबा जी का है माता जी का नहीं। परन्तु उस दिन हलों को कंधे पर उठाकर छह मील तक ले जाने और पैदल वापस आने के बाद मैं बहुत थक गया था। शायद मैं इतना न थकता यदि मेरा नया जूता एड़ी को न दबाता। और इस कारण मेरे पाँव में टीसें न उठतीं। इस

थकन के कारण मैंने भोले की वह बात भी सहन कर ली। मैं आसमान पर सितारों को देखने लगा। आसमान के दक्षिणी कोने में एक सितारा मशाल की तरह प्रकाशमय था। नज़र गड़ा कर देखने पर वह मद्धिम सा होने लगा–मैं ऊँघते-ऊँघते सो गया।

सुबह होते ही मेरे दिल में विचार आया कि भोला सोचता होगा कि कल रात बाबा ने मेरी बात किस तरह सहन की? मैं इस विचार से काँप गया कि भोले के दिल में कहीं ये विचार न आया हो कि अब बाबा मेरी चिंता नहीं करते। शायद यही कारण था कि सुबह के समय उसने मेरी गोद में आने से इनकार कर दिया और बोला–

"मैं नहीं आऊँगा–तेरे पास बाबा!"

"क्यों भोले?"

"भोला बाबाजी का नहीं–भोला माता जी का है।"

मैंने भोले को मिठाई के लालच से मना लिया और कुछ ही क्षणों में भोला बाबा जी का बन गया और मेरी गोद में आ गया। और अपनी नन्ही टाँगों की धूल से मेरे शरीर से लिपटे हुए कम्बल को लपेटने लगा। माया 'हरिहर' स्तोत्र पढ़ रही थी। फिर उसने पाव भर मक्खन निकाल और उसे कूज़े में डालकर कुएँ के साफ़ पानी से छाछ की खटास को धो डाला। अब माया ने अपने भाई के लिए सेर के क़रीब मक्खन तैयार कर लिया। मैं बहन भाई के इस प्यार की भावना पर दिल ही दिल में प्रसन्न हो रहा था। इतना प्रसन्न कि मेरी आँखों से आँसू टपक पड़े। मैंने दिल में कहा–औरत का दिल मुहब्बत का एक समन्दर होता है। माँ, बाप, भाई, बहन, पति, बच्चे सब से वह बहुत ही प्यार करती है और इतना करने पर भी वह समाप्त नहीं होता। एक दिल के होते हुए भी वह सब को अपना दिल दे देती है। भोले ने दोनों हाथ मेरे गालों की झुर्रियों पर रखे, माया की ओर से चेहरे को हटा कर अपनी ओर कर लिया और बोला–

"बाबा तुम्हें अपना वायदा याद है ना–?"

"किस बात का–बेटा?"

"तुम्हें आज दोपहर को मुझे कहानी सुनानी है।"

"हाँ बेटा–!" मैंने उसका मुँह चूमते हुए कहा।

ये तो भोला ही जानता होगा कि उसने दोपहर के आने की कितनी प्रतीक्षा की थी। भोले को इस बात का ज्ञान था कि बाबाजी के कहानी सुनाने का समय वही होता है जब वह खाना खाकर उस पलंग पर जा लेटते हैं जिस पर वह बाबाजी या माता श्री की सहायता के बिना नहीं चढ़ सकता था। इसलिए समय से आधा घण्टा पूर्व ही उसने खाना निकलवाने पर ज़िद शुरू कर दी। मेरे खाने के लिए नहीं बल्कि अपने कहानी सुनने के चाव से।

मैंने समय से आधा घण्टा पहले खाना खाया। अभी अंतिम कौर मैंने लिया ही था कि पटवारी ने दरवाज़े पर दस्तक दी। उसके हाथ में एक हल्की सी जुरेब थी। उसने कहा कि खानक़ाह वाले कुएँ पर आपकी ज़मीन को नापने के लिए मुझे आज ही फ़ुर्सत मिल सकती है, फिर नहीं।

दालान की ओर नज़र दौड़ाई तो मैंने देखा, भोला चारपाई के चारों ओर घूम कर बिस्तर बिछा रहा था। बिस्तर बिछाने के बाद उसने एक बड़ा सा तकिया भी एक ओर रख दिया और स्वयं पांयती में पाँव अड़ा कर चारपाई पर चढ़ने का प्रयास करने लगा। यद्यपि भोले का मुझे ज़िद से जल्दी रोटी खिलवाना और बिस्तर बिछा कर मेरा सत्कार करना अपनी .खुदगर्ज पर आधारित था तब मेरे विचार में आया–

''वैसे माया ही का बेटा है ना–ईश्वर इसकी आयु लम्बी करे।''

मैंने पटवारी से कहा तुम ख़ानक़ाह वाले कुएँ को चलो और मैं तुम्हारे पीछे-पीछे आ जाऊँगा। जब भोले ने देखा कि मैं बाहर जाने के लिऐ तैयार हूँ तो उसका चेहरा इस प्रकार मुरझा गया जैसे पिछली रात को आसमान के एक कोने में मशाल की तरह चमकता सितारा लगातार देखते रहने के कारण धीमा पड़ गया था। माया ने कहा–

''बाबा जी, इतनी भी क्या जल्दी है? ख़ानक़ाह वाला कुआँ कहीं भागा तो नहीं जाता। आप कम से कम आराम तो कर लें।''

''ऊँ हूँ।'' मैंने कहा–''पटवारी चला गया तो फिर ये काम एक महीना से इधर न हो सकेगा।''

माया ख़ामोश हो गई। भोला मुँह बिसूरने लगा। उसकी आँखें नम हो गईं। उसने कहा–"बाबा मेरी कहानी–मेरी कहानी–"

"भोले–मेरे बच्चे।" मैंने भोले को टालते हुए कहा–"दिन को कहानी सुनाने से मुसाफ़िर रास्ता भूल जाते हैं।"

"रास्ता भूल जाते हैं?" भोले ने सोचते हुए कहा–"बाबा तुम झूठ बोलते हो, मैं बाबा जी का भोला नहीं बनता।"

अब जबकि मैं थका हुआ भी नहीं था और पन्द्रह-बीस मिनट आराम के लिए निकाल सकता था। भला भोले की इस बात को आसानी से किस तरह सहन कर लेता। मैंने अपने कंधे से चादर उतार कर चारपाई की पांयती पर रखी और अपनी दबती हुई एड़ी को जूती की क़ैद-बा-मशक़्क़त से छुटकारा दिलाते हुए पलंग पर लेट गया। भोला फिर अपने बाबा का बन गया। लेटते हुए मैंने भोले से कहा–

"अब कोई मुसाफ़िर रास्ता खो बैठे, तो उसके तुम ज़िम्मेदार हो।"

–और मैंने भोले को दोपहर के समय सात राजकुमार और राजकुमारी की एक लम्बी कहानी सुनाई। कहानी में उनकी शादी को मैंने परम्परा से अधिक मनमोहक मुद्रा में बयान किया। भोला हमेशा उस कहानी को पसन्द करता था जिसके अन्त में राजकुमार और राजकुमारी की शादी हो जाए। परन्तु मैंने उस दिन भोले के मुँह पर प्रसन्नता का कोई चिह्न न देखा बल्कि वह एक उदास सा मुँह बनाये धीरे-धीरे काँपता रहा।

इस विचार से कि पटवारी ख़ानक़ाह वाले कुएँ पर प्रतीक्षा करते-करते थक कर अपनी हल्की-हल्की झंकार पैदा करने वाली जुरेब जेब में डाल कर कहीं अपने गाँव की ओर न चला जाए। मैं जल्दी-जल्दी परन्तु अपने नए जूते में दबती हुई एड़ी के कारण लँगड़ाता हुआ भागा। यद्यपि माया ने जूती को सरसों का तेल लगा दिया था। इसके बावजूद वह नर्म बिल्कुल न हुई थी।

शाम को जब मैं वापस आया तो मैंने भोले को ख़ुशी से दालान से आँगन में और आँगन से दालान में कूदते-फाँदते देखा। वह लकड़ी

के एक डण्डे को घोड़ा बना कर उसे भगा रहा था और कह रहा था–

"चल मामा के देस–रे घोड़े, मामा के देस।

मामा के देस, हाँ हाँ! मामा के देस, घोड़े...।"

जैसे ही मैंने दरवाज़े में क़दम रखा, भोले ने अपना गाना ख़त्म कर दिया और बोला–

"बाबा–आज मामा आएँगे ना–?"

"फिर क्या होगा भोले–?" मैंने पूछा।

"मामा बूट लायेंगे। मामा कल्लू (कुत्ता) लायेंगे। मामा के सिर पर मक्की के भुट्टों का ढेर होगा ना बाबा। हमारे यहाँ मक्की होती ही नहीं बाबा। और तो और–ऐसी मिठाई लायेंगे जो आपने सपने में भी न देखी होगी।"

मैं हैरान था और सोच रहा था कि, "किस ख़ूबी से सपने में भी न देखी होगी।" के शब्द सात शहज़ादों और शहज़ादियों वाली कहानी के बयान में से उसने याद रखे थे। "जीता रहे" मैंने आशीर्वाद देते हुए कहा–"बहुत बुद्धिमान लड़का होगा और हमारे नाम को रौशन करेगा।"

शाम होते ही भोला दरवाज़े में जा बैठा ताकि मामा की शक्ल देखते ही अन्दर की ओर दौड़े और पहले पहल अपनी माता श्री को और फिर मुझे अपने मामा के आने की ख़बर सुनाये।

दीयों को दियासलाई दिखाई गई। ज्यों-ज्यों रात का अँधेरा गहरा होता जाता, दीयों की रौशनी तेज़ होती जाती। आशंकित स्वर में माया ने कहा–

"बाबा जी–भैया अभी तक नहीं आये।"

"किसी काम के कारण ठहर गये होंगे।"

"संभव है कोई ज़रूरी काम आ पड़ा हो, राखी के रुपये डाक में भेज देंगे–"

"परन्तु राखी?"

"हाँ राखी को कहो, उन्हें अब तक तो आ जाना चाहिए था।"

मैंने भोले को ज़बरदस्ती दरवाज़े की दहलीज़ पर से उठाया। भोले ने अपनी माता से भी अधिक चिंतित स्वर में कहा–"माता श्री,

मामा क्यों नहीं आये?"

माया ने भोले को गोद में उठाते हुए और प्यार करते हुए कहा—"शायद सुबह को आ जायेंगे तेरे मामू जी, मेरे भोले!"

फिर भोले ने अपनी नर्म और नाजुक बाँहों को अपनी माँ के गले में डालते हुए कहा :

"मेरे मामा तुम्हारे क्या होते हैं?"

"जो तुम नन्ही के हो।"

"भाई?"

"तुम जानो—"

"और बंसी (भोले का दोस्त) के क्या होते हैं?"

"कुछ भी नहीं—"

"भाई भी नहीं?"

"नहीं—"

—और भोला इस अजीब बात को सोचता हुआ सो गया। जब मैं अपने बिस्तर पर लेटा तो फिर वह मशाल की तरह चमकता हुआ सितारा आसमान के एक कोने में मेरे घूरने के कारण मंद होता हुआ दिखाई दिया। मुझे फिर भोले का चेहरा याद आ गया जो मेरे ख़ानक़ाह वाले कुएँ को जाने पर तैयार होने के कारण यूँ ही मन्द पड़ गया था। कितना शौक है भोले को कहानियाँ सुनने का। वह अपनी माँ को श्लोक भी पढ़ने नहीं देता। इतना छोटा बच्चा भला गीता को क्या समझे। परन्तु केवल इस कारण उसके अध्याय का महातम एक दिलचस्प कहानी होता है। वह बड़े धैर्य से अध्याय के समाप्त होने और महातम के शुरू होने का क्यों इन्तज़ार किया करता है।

"माया का भाई अभी तक नहीं आया। शायद न आये।" मैंने दिल में कहा—"उसे अपनी बहन का प्यार से जमा किया हुआ मक्खन खाने के लिए तो आ जाना चाहिए था।" मैं सितारों की ओर देखते-देखते ऊँघने लगा। एकाएक माया की आवाज़ से मेरी नींद खुली। वह दूध का कटोरा लिए खड़ी थी।

मैंने कई बार कहा—"तुम मेरे लिए इतनी तकलीफ़ न किया करो—"

दूध पीने के बाद दया की भावना से मेरे आँसू निकल आये। सीमा से अधिक ख़ुश होकर मैं माया को यही दुआ दे सकता था कि वह सुहागवती रहे। कुछ ऐसा मैंने कहना चाहा। परन्तु इस विचार के आने से कि उसका सुहाग तो बरसों पहले लुट गया था। मैंने कुछ न कुछ कहने की ग़र्ज़ से अपनी चिंता को दबाते हुए कहा।

"बेटी–तुम्हें इस सेवा का फल मिले बिना न रहेगा।"

फिर मेरे पहलू में बिछी हुई चारपाई पर से भोला नन्ही को जो कि उसके साथ ही सो रही थी परे ढकेलते हुए और आँखें मलते हुए उठा। उठते ही उसने कहा–

"बाबा–मामा अभी तक क्यों नहीं आये?"

"आ जायेंगे–बेटा, सो जाओ। वह सुबह सवेरे आ जायेंगे।"

अपने बेटे को अपने मामा के लिए इतना आतुर देखकर माया भी कुछ आतुर सी हो गई। ठीक उसी तरह जिस तरह एक दीपक से दूसरा दीपक जल जाता है। कुछ देर के बाद वह भोले को लिटा कर थपकने लगी।

माया की आँखों में भी नींद आने लगी। यूँ भी जवानी में नींद का आधिपत्य होता है, और फिर दिन भर काम-काज करके थक जाने के कारण माया गहरी नींद सोती थी। मेरी नींद तो साधारण बूढ़ों की सी नींद थी। कभी एकाध घंटे तक सो लेता। फिर दो घण्टे जागता रहता। फिर कुछ देर ऊँघने लग जाता और बाक़ी रात तारे गिन करके गुज़ार देता। मैंने माया को सो जाने के लिए कहा और भोले को अपने पास लिटा लिया।

"बत्ती जलती रहने दो। केवल धीमी कर दो–मेले के कारण बहुत से चोर-चकार इधर-उधर घूम रहे हैं–" मैंने सोई हुई माया से कहा।

सबसे बड़ी बात यह थी कि इस बार मेले में जो लोग आये थे उनमें ऐसे आदमी भी थे जो कि नन्हे बच्चों का अपहरण करके ले जाते थे। पड़ोस के एक गाँव में दो-एक ऐसी वारदातें हुई थीं और इसीलिए मैंने भोले को अपने पास लिटा लिया था। मैंने देखा भोला जाग रहा था। उसके बाद मेरी आँख लग गई।

थोड़ी देर के बाद जब मेरी आँख खुली तो मैंने बत्ती को दीवार पर न देखा। घबराकर हाथ पसारा तो मैंने देखा कि भोला भी बिस्तर पर न था। मैंने अंधों की तरह दरो-दीवार से टकराते और ठोकरें खाते हुए सभी चारपाइयों पर देखा। माया को भी जगाया। घर का कोना-कोना छाना। भोला कहीं न था!

"माया—हम लुट गये।" मैंने अपना सर पीटते हुए कहा।

माया माँ थी। उसका कलेजा जिस तरह विदीर्ण हुआ ये उसी से पूछे। अपने सुहाग लुटने पर उसने इतने बाल न नोचे थे जितने कि उस समय नोचे। उसका दिल बैठा जा रहा था और वह दीवानों की तरह चीखें मार रही थी। पास-पड़ोस की औरतें शोर सुन कर जमा हो गईं और भोले की गुमशुदगी की ख़बर सुन कर रोने-पीटने लगीं।

मैं औरतों से ज़्यादा अपना सिर पीट रहा था। आज मैंने एक बाज़ीगर को अपने घर के अन्दर घूरते भी देखा था। परन्तु असावधान था। आह! वह समय कहाँ से हाथ आये। मैंने प्रार्थना की, किसी समय का दिया काम आ जाए। मन्नतें मानीं कि भोला मिल जाए। वही घर भर का उजाला था। उसी के दम से मैं और माया जीते थे। उसी की आस से हम उड़े फिरते थे। वही हमारी आँखों की रोशनी, वही हमारी शक्ति था। उसके बिना हम कुछ न थे।

मैंने घूम कर देखा। माया बेहोश हो गई थी। उसके हाथ अन्दर की ओर मुड़ गये थे। नसें खिंची हुईं और आँखें पथराई हुई थीं और औरतें उसकी नाक बन्द करके एक चमचे से उसके दाँत खोलने की कोशिश कर रही थीं।

मैं सच कहता हूँ, एक क्षण के लिए मैं भोले को भी भूल गया। मेरे पाँव के नीचे की धरती निकल गई। एक साथ घर के दो लोग जब देखते-देखते हाथों से चले जाएं तो उस समय दिल की क्या स्थिति होती है। मैंने काँपते हुए, ईश्वर को बुरा-भला कहा कि इन दुखों को देखने से पहले उसने मेरी ही जान क्यों न ले ली। आह! परन्तु जिसकी ईश्वराज्ञा आती है, उसके अतिरिक्त किसी और का बाल तक बाँका नहीं होता।

ऐसा आभास हुआ कि मैं भी माया की तरह गिर पड़ूँ, कि माया

होश में आ गई। मुझे पहले से कुछ सहारा मिला। मैंने दिल में कहा, मैं ही माया को सहारा दे सकता हूँ। और यदि मैं ही इस तरह हौसला छोड़ दूँ तो माया किसी तरह नहीं बच सकती। मैंने शक्ति इकट्ठा करते हुए कहा–

"माया बेटा–देखो! मुझे यूँ ख़ाना ख़राब मत करो–हौसला करो। बच्चे अपहरण होते हैं परन्तु अन्त में मिल भी जाते हैं। बाज़ीगर बच्चों को मारने के लिए नहीं ले जाते। पाल-पोस कर, बड़ा करके किसी काम में लाने के लिए ले जाते हैं, भोला मिल जाएगा।"

माँ के लिए ये शब्द व्यर्थ थे। मुझे भी अपने इस तरह सब्र करने पर ऐसा ही प्रतीत हुआ। यद्यपि मैं इस कारण चुप हो गया हूँ कि माया के मुक़ाबले में भोले से बहुत कम प्यार है। परन्तु "नहीं"–मैंने कहा–"मर्द को ज़रूर कुछ हौसला दिखाना चाहिए।"

उस समय आधी रात इधर थी और आधी उधर जब हमारा पड़ोसी इस घटना की सूचना थाने में पहुँचाने के लिए जो गाँव से दस कोस दूर शहर में था, चल पड़ा।

बाक़ी हम सब हाथ मलते हुए सुबह का इंतज़ार करने लगे ताकि दिन निकलने पर कुछ सुझाई दे।

अचानक दरवाज़ा खुला और हमने भोले के मामा को अन्दर आते देखा। उसकी गोद में भोला था। उसके सिर पर मिठाई की टोकरियाँ और हाथ में बत्ती थी। हमें ता जैसे पूरी दुनिया की दौलत मिल गई। माया ने भाई को पानी पूछा न ख़ैरियत और उसकी गोद से भोले को छीन कर उसे चूमने लगी। सभी अड़ोस-पड़ोस ने मुबारकबाद दी। भोले के मामा ने कहा–

"मुझे किसी काम के कारण देर हो गई थी, देर से चलने पर रात के अँधेरे में, मैं अपना रास्ता भटक गया था। एकाएक मुझे एक ओर से रौशनी आती दिखाई दी। मैं उस ओर बढ़ा। इस ख़ौफ़नाक अँधेरे में पारसपुर से आने वाली सड़क पर भोले को बत्ती पकड़े हुए और काँटों में उलझे हुए देख कर मैं स्तब्ध रह गया। मैंने उस समय उसके वहाँ होने का कारण पूछा तो उसने जवाब दिया–कि बाबा जी ने आज दोपहर के समय मुझे कहानी सुनाई थी। और कहा था कि

दिन के समय कहानी सुनाने से मुसाफ़िर रास्ता भूल जाते हैं। तुम देर तक न आए तो मैंने यही जाना कि तुम रास्ता भूल गये होंगे और बाबा ने कहा था कि यदि कोई मुसाफ़िर रास्ता भूल गया तो तुम ज़िम्मेवार होगे ना...!!"

आख़िरी स्टेशन

जीवन या ठीक तौर पर 'जीहून दोआबा' इस लाइन का आख़िरी स्टेशन था और गाड़ी उसकी तरफ़ तेजी से भागी जा रही थी जिस तरह बुझने से पहले शोले में एक लपक पैदा होती है इसी तरह गाड़ी की रफ़्तार में भी एक लपक सी पैदा हो रही थी। दाएँ-बाएँ शिवालिक श्रेणी दो लम्बे-लम्बे बाज़ुओं की तरह खिल रहे थे, और इस लम्बे-चौड़े गोद के अन्दर छोटे-छोटे टीले, गैंग हट, आम, झाड़ियाँ, झोंपड़ियाँ, गाड़ी के आख़िरी छकड़े को पकड़ने के लिए पीछे की ओर भाग रही थीं। दूर कहीं पट्ठू और मवेशी गोफिये में पड़े हुए कंकरों की तरह एक बहुत बड़े दायरे में घूमते दिखाई देते थे।

उस समय बारिश थमी हुई थी लेकिन कचनार और आम के पेड़ों की काली छाल से अनुमान होता था कि दिन और रात के चार पहरों में छा जूं ही पानी पड़ गया है। सूर्य बरसाती शाम के चंचल रंगों के बीच बादल के एक टुकड़े में उलझा हुआ परेशान निगाहों से ज़मीन की ओर देख रहा था। कितनी कहर थी, और सेल जिसे उसने उठाना था, पानी ज़मीन पर कहीं कम था और कहीं ज़्यादा। हवा थमी थी और गाड़ी की खिड़की से बाहर देखने पर यूँ मालूम होता था जैसे आसमान ज़मीन के साथ टुकड़ा कर खंडित हो गया है।

कभी एक समय में यूँ महसूस होने लगता है जैसे बाहर दिखाई

देने वाला प्रत्येक दृश्य हमारे ही किसी अंदरूनी दृश्य का गंदा अक्स है—जय राम उदास था और उसे फिज़ा में दुःख ही दुःख दिखाई देता था। वह गाड़ी में खिड़की के पास बैठा बेचैनी से जीहून दोआबा टर्मिनस का इन्तज़ार कर रहा था कभी वह दर्द से अपनी सीट पर उछल जाता और कभी सामने चोटियों पर धुँधली सी दिखाई देने वाली बर्फ़ को देख कर उसकी उँगलियाँ उसके सफ़ेद बालों में धंस जातीं और वह सोचता—जिस तरह गाड़ी तेजी से अपने अंतिम स्थान की ओर भागी जा रही है, शायद मैं भी अपने अंतिम स्थान की ओर लपका जा रहा हूँ। यकायक उसने पास ही पड़ी हुई माई को झँझोड़ते हुए कहा—

"भोली माई! उठ देख! तेरा जीहून आ रहा है।"

माई हड़बड़ा कर उठ बैठी। उसके चेहरे का तेज जो एक चालीस वर्षीय रँडापे और 'लावल्दी' का वाद-विवाद था और जो किसी अप्रिय सपने के कारण मद्धिम हो गया था, लौट कर आया और वह एक बच्ची की तरह खुश होकर बोली—"आ गया जीहून—बस यहाँ से सात कोस परे रहें मेरी बेटी और जँवाई—मेरी सीताराम की जोड़ी।"

बाहर से एक नन्ही सी कंकड़ी उड़ी और जयराम की आँख में पड़ गई। कुछ देर के लिए उसकी आँखें अन्दर की ओर सिमट गईं। पुतलियाँ फैलीं और वास्तविकता की चुभन के बावजूद उसे बीते समय के डरावने सपने दिखाई देने लगे। पीला चेहरा, मेहनती, हारे हुए जयराम ने अपने अतीत में झाँका तो उसे अपने पचास वर्षों में एक जीवन का सुन्दर क्षण नज़र आया। उस समय जबकि जयराम ज़िन्दगी का बीसवाँ पतझड़ देख रहा था, करतारपुर स्टेशन की पियाऊ पर एक लड़की उसकी ओर देख कर मुस्कुराई और कई दिन जयराम की अकल, लज्जा एवं प्रेम के 'गोफिये' में पड़ी रही।

एक धक्का सा लगा और पास के शोर से पता चला कि गाड़ी जीहून दोआबा टर्मिनस में प्रवेश कर खड़ी हो गई है। भोली माई और उसके साथ दूसरे मुसाफ़िर उतरे और बाहर निकलने के लिए फाटक की ओर बढ़े—उस समय शाम लम्हों की सूली पर तड़प रही थी और स्याही की लम्बी-लम्बी लटें ऊँचे-ऊँचे खम्भों, पुल और शेड की मदद

के दिन के 'कांधों' पर बिखर रही थीं। जयराम भी दुख और कपड़ों की गठरियाँ उठाये फाटक की ओर बढ़ा लेकिन रुक गया। उस समय ठठर गाँव जाने का उसे कोई रास्ता दिखाई नहीं देता था।

तत्क्षण जयराम को एक विचार सूझा जो उसने सफ़र से पहले सोचा ही न था—उसे अब ठठर गाँव में पहचानेगा कौन? वह कठोन के एक पुराने परिवार से सम्बन्ध रखता था लेकिन अब कुछ तो जीहून और कुछ होशियारपुर और उसके आस-पास के इलाक़े में बस गये थे। ठठर में केवल एक ताया बापू की ख़बर मिलती थी लेकिन वह तो जयराम के बचपन में ही बुढ़ापे और झुकी हुई कमर से यूँ दिखाई देते थे जैसे क़ब्र तलाश कर रहे हों; इस समय उनका मौजूद होना एक असंभव सी बात थी। उनकी चार-पाँच लड़कियाँ थीं जो एक साथ शादी के बाद संतोखगढ़, ऊना, गढ़ शंकर और उसके आस-पास के इलाक़े में इस तरह बिखर गई थीं जैसे आतिशी अनार की चिंगारियाँ छूटते ही चारों ओर बिखर जाती हैं और जयराम प्लेटफार्म पर पड़े हुए बेंच की ओर लौटा और मायूसी की हालत में इधर-उधर देखने लगा।

जीहून दोआबा एक ख़ासा बड़ा स्टेशन था। कभी जीहून एक बड़ी मण्डी हुआ करती थी जिसके लिए स्टेशन पर एक यार्ड निर्माण किया गया था जो इन दिनों सूना पड़ा था। लाइन पर बिछाने के लिए पत्थर तो अभी तक भेजे जा रहे थे। साइडिंग में बड़ा सा क्रेन यक्का, तन्हा, बेकार और अनुपयोगी सा खड़ा दूर से यूँ मालूम होता था जैसे कोई मुर्ग़ा है जिसे भूनने के लिए उसके बाल और पंख नोच लिए गये हों। इस क्रेन से पीछे हट कर दो मालगाड़ियाँ खड़ी थीं जिनकी छतों के न होने से उनमें पत्थर और बारिश का पानी पड़ा था। साइडिंग के उत्तर की ओर रेल पर चंद ठोकरें थीं। एक ठोकर बाक़ियों की तुलना में काफ़ी दूरी पर थी और ये दौर केवल इसलिए बनाई गई थी कि इंजन को शंट करने में आसानी रहे। या यदि गाड़ी तेज़ी में आगे निकल जाए तो उसे पटरी पर से उतरने या टकराने का ख़तरा न रहे और लोहे की ये बड़ी-बड़ी और मजबूत ठोकरें जयराम को भयभीत करने लगीं। जयराम ने सोचा काश ये रेलें एकदम इन

ठोकरों पर रुक जाने की बजाय सामने दिखाई देने वाली पहाड़ी में लुप्त हो जाएं।

जयराम ने उठकर अपने जिस्म को एक पुराने और पैबन्द लगे कम्बल में अच्छी तरह से लपेटा और एक अति संदिग्ध स्थिति में स्टेशन के जंगले के साथ-साथ घूमने लगा। जंगले के क़रीब अंधे कुएँ पर पीपल का एक तना बढ़ा हुआ था और एक लंगूर अपनी लम्बी सी दुम को तने पर बल देकर कुएँ में औंधा लटका हुआ था। उसके काले कलूटे चेहरे में दो भूरी सी आँखें राख में दहकते हुए कोयलों की तरह नज़र आ रही थीं। घाटियों के पीछे पानी बड़े ज़ोर-शोर से बह रहा था और इस बरसाती नाले के शोर में जीहून के क़सबे का सब शोर डूब रहा था। स्टेशन की फ़िज़ा ख़ामोश और उदास थी। जिधर से जयराम आया था उधर लाइनों का एक जाल बिछा हुआ था। एक बड़े जंक्शन स्टेशन पर ही कम से कम इतनी लाइनें थीं जितनी जयराम के जिस्म में धमनियाँ और वहाँ सैंकड़ों ही ख़लासी, कुली और यार्डमैन थे, जो आती-जाती गाड़ियों के दर्मियान बेखटके मतलब-बेमतलब घूमा करते। कभी-कभी कोई इंजन अचानक दनदनाता हुआ शेड के दोज़ख़ से सुरमा उड़ाता किसी को झपट में ले लेता, लेकिन सुबह से पहले और माई का लाल उसकी जगह पूर्ति करने के लिए आ धमकता और जयराम ने सोचा यहाँ जीहून की किसी सूनी लाइन पर कोई बेखटके सर रखे और सो रहे।

जब से जयराम आया था किसी ने टिकट भी तो नहीं पूछा। एक साहब जो अंदाज़ से स्टेशन मास्टर और कपड़ों से नाई मालूम होते थे, कुर्ता और तहमद पहने हाथ में नारियल सँभाले, खड़ाऊँ से खट-खटक करते हुए टूटे हुए लैम्प के पाये के पास खड़े होकर कांटे वालों को बेतहाशा बातें सुना रहे थे। काँटे लगातार गालियों से बेफ़िक्र दूर खड़े हरी और लाल बत्तियों की परेड कर रहे थे। स्टेशन के स्टाफ़ ने यहाँ वर्दी पहनने की ज़रूरत भी महसूस नहीं की थी। कहीं वर्ष में एकाध बार ट्रैफिक इंस्पेक्टर आ निकलता तो उसका हिस्सा चुपके से हाथ में थमा दिया जाता और फिर उसे धोती-कुर्ते में ही 'सरज' दिखाई देने लगती। बहुत होता तो वह बड़े कृपालु

अंदाज़ में स्टेशन मास्टर से कह देता–

"मर जाओगे माधो लाल–मर जाओगे सर्दी में तुम लोग।"

इंस्पेक्टर पैसों की गर्मी और स्टेशन मास्टर जीहून की सर्दी से कितना परेशान हो गया था "मर जाओगे तुम लोग" का जवाब एक संक्षिप्त हुँह, के अतिरिक्त कुछ न होता। जयराम घूम फिर कर फिर अंधे कुएँ के पास जा खड़ा हुआ और उसकी तह में टूटे हुए ढकने, क़मचियाँ, पीपल के पत्ते, पत्थर और पानी को देखने लगा। लंगूर उस समय तक कहीं भाग गया था। उसकी जगह कुछ छोटे-छोटे बन्दर क़लाबाज़ियाँ लगाने लगे। एक नन्हा सा बन्दर अपनी माँ के पेट के साथ चिपटा हुआ नीचे यद्यपि मौत को देख कर मुँह चिढ़ा रहा था। जयराम ने कुएँ में छलांग लगा कर जीवन के इस व्यर्थ नक़ल को समाप्त करने की ठानी। लेकिन वह इस अच्छे काम के लिए बहुत बूढ़ा हो चुका था। जैसे ऊपर बन्दर का बच्चा मौत का मुँह चिढ़ा रहा था, इसी तरह मौत जयराम का मुँह चिढ़ा रही थी।

दूर घाटियों पर कुछ-कुछ रौशनियाँ एक ओर जाती हुई दिखाई दीं। जयराम इस तीस वर्ष के समय में बहुत कुछ भूल चुका था। लेकिन उसे ये दृश्य कुछ जाना-पहचाना सा लगा। जंगले से परे हटते हुए वह स्टेशन मास्टर के क़रीब पहुँचते हुए बोला–

"ये रौशनियाँ कैसी हैं बाबू?"

स्टेशन मास्टर ने मूँछों का एक बड़ा सा फिल्टर उठाया और एक भद्दी सी आवाज़ में बोला–"ये लोग गाँव जा रहे हैं।"

"किस गाँव में?"

"यही ठठर–संतोखगढ़ वगैरह।"

जयराम ख़ामोश हो गया। इस विचार से उसे एक गुना सांत्वना मिली कि जीवन दोआबे से परे भी हज़ारों पगडंडियाँ शिवालिक के आस-पास बल खाती चली जाती हैं जिस तरह आवागमन के पहले विद्यार्थी को मौत के दरवाज़े में से झाँकने पर अपने ही सैकड़ों छायाचित्र दिखाई देते थे, और जीवन उसे केवल एक खेल सा नज़र आया था। इस तरह इन पगडंडियों को देख कर शरीर और आत्मा में कम्पन पैदा कर देने वाली रेलों की ठोकरें जयराम के लिए व्यर्थ

होकर रह गई थीं। जीहून दोआबा एक ब्रांच लाइन का टर्मिनल हो तो हो, लेकिन इंसानी क़दमों से बनी हुई पगडंडियों का अन्त नहीं। स्टेशन मास्टर ने फिर मूंछें उठाईं और बोला—

"तुम कौन हो?"

जयराम ने एक ठण्डी आह भरी और बोला—"मैं कौन हूँ?—मैं एक यात्री हूँ बाबा।"

यात्री का शब्द हम 'शिकस्त' (हार) पसन्दों के शब्दकोश में एक विशेष अर्थ रखता है। एक ख़ास अंदाज़ में, यात्री, कहने से दो सुननेवाले एक ही दुनिया में स्थानान्तरित हो जाते हैं। ऐसी दुनिया में जहाँ टिकट पूछने की ज़रूरत ही महसूस नहीं होती, और इस अति भावुक और परंपरावादी का दृश्य लिए हुए शब्दों से वार्तालाप और दूसरे रूप ग्रहण कर लेता है। स्टेशन मास्टर जिसके परदादा को लक़वा की शिकायत थी, कुछ तुतलाया। फिर उसने अपना हाथ रान पर मारा। और फिर एक लम्बी ठंडी आह भरने के बाद इंजन की तरह भाप छोड़ते हुए बोला।

"हो बाबा—हर चीज़ यात्री हर चीज़ राही!"

और फिर टर्मिनल स्टेशन वालों के लिए यात्री का शब्द एक विशेष फैलाव और सीमा रखता है। स्टेशन मास्टर ने अपनी बात को जारी रखते हुए एक पुराने शेर का 'मिस्रा' दुहराया।

"अपनी-अपनी बोलियाँ सब बोल कर उड़ जायेंगे।"

और ये 'मिस्रा' स्टेशन मास्टर ने किसी शायर के दीवान पर बजाय लारी के एक तख़्ते पर खुदा के हिन्दू, सिक्ख और मुसलमान नामों के दर्मियान क़ैद और सुरक्षित पड़ा था और शराबी ड्राइवर की हर संभव गलती और ठर्रे का औचित्य था। अचानक स्टेशन मास्टर को पता चला कि इस 'मिस्रे' को पढ़ने से वह अचानक अपनी ज्यूरस प्रोडक्शन से परे ज़लील लारियों और पक्षियों की दुनिया में चला गया है। उसने बात का रुख बदलते हुए सूरदास की एक चौपाई पढ़ी और बोला—

"हो बाबा—ये दुनिया मुसाफ़िर ख़ाना है—हर एक को आना जाना है—ये संसार मिथ्या माया है—कोई अपना है न पराया है।"

इस बात के बाद जयराम ने अपने आपको स्टेशन मास्टर के बहुत क़रीब महसूस किया और वह उसके पास लाठी टेक कर बैठ गया। इस ज़मीन में कुछ देर आज़माने की कोशिश करने के बाद मेल-जोल बढ़ाते हुए स्टेशन मास्टर ने पूछा–

“आपका दौलतख़ाना कहाँ है?”

जयराम ने मुस्कुराते हुए अपनी बत्तीसी दिखाई और बोले–“मेरा घर ठठर है–और आपका?”

“मैं हमीरपुरिया ठाकुर हूँ–”

बन्दा के स्थान ‘मैं’ का शब्द आ जाने से जयराम को अचंभा हुआ। लेकिन स्टेशन मास्टर सच्चा था। ठाकुर बन्दे नहीं होते। ये तो बहुत किया कि वह ‘मैं’ हो गये। वर्ना ‘हम’ से अलग कोई दूसरा शब्द प्रयोग नहीं करते। जयराम कुछ झेंप गया। एकाएक उसे विचार आया कि ठाकुर ठठर गाँव के दामाद भी हैं और यदि अपनी कर्कशता की बिना पर गधे की सी अस्वीकृति के लायक़ जानवर को अपना बाप बना लेती है। तो एक तरह से स्टेशन मास्टर को अपना दामाद कल्पना कर लेने से कौन सा गुनाह होता है। जयराम ने बांछें खिलाते हुए चापलूस स्वर में कहा–

“हो ठाकुरे!–ठाकुरों के यहाँ हमारे ठठर की भी एक लड़की है।”

“हाँ-हाँ” स्टेशन मास्टर ने मूँछों पर ताव देते हुए कहा–

“मेरे बड़े भाई की पत्नी ठठरानी है।”

जयराम लाठी छोड़ कर खड़ा हो गया। फिर उसने कम्बल में अपने बाजू फैला दिये और यूँ दिखाई देने लगा, जैसे कोई गिद्ध उड़ने लगा हो। आँखों को सिकोड़ कर उसने एक बार फिर स्टेशन मास्टर की ओर ग़ौर से देखा और बोला–

“तुम केदारे के छोटे भाई हो? बज्जू बावरे...हे हे हे बज्जू बावरे...” और जयराम फिर हँसने लगा।

स्टेशन मास्टर ने इधर-उधर देखा जैसे कोई तत्क्षण नंगा हो जाने पर इधर-उधर देखा करता है। एक मुसाफिर क़रीब ही खड़ा उस अजीब नाम को सुन कर मुस्कुरा रहा था। स्टेशन मास्टर ने राज़दारी

में जयराम को आँख मारी और सर को एक झटका दिया। यद्यपि कह रहा हो—"हूँ तो बज्जू बावरा लेकिन यार चुप रहो। यहाँ ज़रा इज़्ज़त बनी हुई है और माधोलाल के नाम के अतिरिक्त मुझे और कोई किसी नाम से नहीं जानता।" जयराम ने दोनों हाथों में स्टेशन मास्टर का हाथ भींच लिया और के लिए उसके गले में डाल दिये और ऊँची आवाज़ में बोला—"छोड़ो यारो। लोगों के लिए तुम होगे माधव-वाधव। परन्तु जयराम खट के लिए तुम बज्जू बावरे हो। उफ!—कितनी देर के बाद तुम्हें पाया है और ये नाम हमने भारतवर्ष के प्रसिद्ध गवैये नाम पर तुम्हें दिया था। याद है तुमने टीकर चंतपूरनी पर एक बहुत भी भद्दी आवाज़ में मालकोनस की धुन अलापी थी, तब से...हो हो..."

स्टेशन मास्टर को सब कुछ याद था लेकिन वह उसे भूलना ही अच्छा समझता था। उस समय बन्दर ने एक छलाँग लगाई और माधव लाल के कंधे पर आ बैठा। माधव लाल ने ध्यान दिये बिना एक हल्की सी भौं चढ़ाई और उसे एक ओर हटा दिया।

जयराम बोला—"बज्जू बावरे! तुम्हारे यहाँ कितने बन्दर हैं?"

"कभी बहुत थे। अब तो दिन प्रतिदिन कम होते जा रहे हैं—" माधव लाल ने जवाब दिया और एक जानकारी वाली बात सुनाने का गर्व प्राप्त करते हुए बोला—"ये बन्दर बहुत लाभकारी हैं। सुनते हैं कोई डॉक्टर वारनोफ़ है जिसके तजुर्बों के लिए यहाँ के बन्दर पकड़ कर ले जाए जा रहे हैं।"

"डॉक्टर वारनोफ़?"

"हाँ।"

"कोई रूसी डॉक्टर है?"

"हाँ—"

"क्या करता है बन्दरों का?"

माधव लाल ने उसी समय बज्जू बावरे का बदला चुकाते हुए कहा—"जब कोई आदमी तुम सा बूढ़ा हो जाता है और किसी क़ाबिल नहीं रहता, तो उसमें बन्दरों की ग्रंथियां शामिल कर देते हैं। फिर वह नए सिरे से जवान बन जाता है।"

शायद जयराम के मनमस्तिष्क में शहर का कोई इश्तेहारी लेख

चक्कर लगाने लगा—"ये साइंस भी क्या वाही-तबाही है।" जयराम ने कहा और मुस्कुरा दिया। मर्द अपनी शक्ति के सम्बन्ध में कोई ऐसी-वैसी बात बर्दाश्त नहीं करता इसलिए जयराम ने अपनी बात को जारी रखते हुए कहा—"इन सफ़ेद बालों से बुड्ढा न समझ लेना बज्जू बावरे!"

और दोनों देर तक हँसते रहे। जयराम बोला—"उन ग्रंथियों से बन्दर की सी फुर्ती भी पैदा हो जाती होगी?"

"ये तो नहीं कह सकते—" माधव लाल बोला—"लेकिन भाई यह तजुर्बा दिलचस्प है। डॉक्टर वारनोफ़ का। और उसे अपने तजुर्बा के लिए बन्दर भी हरद्वार चंतपूरनी आदि से मिलते हैं। ये लोग आईना में अपना मुँह देखते अन्यथा उन्हें भारत का रुख़ न करना पड़ता। अब चन्द वर्षों से ये बन्दर पकड़े जा रहे हैं। समय आयेगा यहाँ एक भी न होगा और सच पूछिये तो महावीर की मूर्तियाँ अब भी कम दिखाई देती हैं। स्टेशन के चार बाबुओं, पाँच ख़लासियों, जीहून के पुजारियों और महावीर दल वालों ने एक मेमोरियल वॉयसराय को तार द्वारा भेजा है—लेकिन मित्र ये तो मैं भूल ही गया था। मैंने तुम्हें पहचाना नहीं। शक्ल बहुत बदली हुई मालूम होती है—कहीं ख़ुफ़िया पुलिस में तो नहीं?"

"हो हो हो..."

जयराम ने अपने विशेष अंदाज में हँसते हुए कहा—"मैं आतु खट का बेटा हूँ। मंझला बेटा—पहचाना?—जिसका बड़ा और छोटा भाई दोनों लाहौर के पागलख़ाने में हैं।"

इस साधारण इशारे से माधव लाल को सब कुछ याद आ गया। हमारी दुनिया होशियारों की तुलना में पागलों को ज़्यादा याद रखती है। और ज़िन्दा लोगों की तुलना में मरे हुए लोगों के पाप तुरत माफ़ कर देती है। माधव लाल बोला—

"मैं आतू खट के सब बेटों को अच्छी तरह से जानता हूँ—बचपन में हमने ऐसी शरारतें की हैं जिनकी याद आती है तो शर्म से गर्दन झुक जाती है। लेकिन वह बचपना था न अन्त—कहो, तुम इतने दिनों रहे किधर?"

उस समय अँधेरा पूरी तरह फैल चुका था। आसमान पर सितारे और शेड में चमगादड़ एक-दूसरे का पीछा करते हुए थक चुके थे। और इमली के पेड़ों में अपने घरौंदे या लोहे के किसी गार्डर के एक किनारे लटक गये थे। ठठर जाने वाली रौशनियां एक कहकशाँ सा बन गई थीं। जयराम ने हकीमाना अंदाज़ में अपनी थोड़ी थामते हुए कहा–

''मेरी क्या पूछते हो बाबा! बहुत से खेल खेले हैं, बहुत चोटें खाई हैं, अब अन्त में एक बड़े वकील का मुंशी था उससे पहले अदालत में रीडर था। ये क़ानून तो मेरी उँगलियों की पोरों में है।''

''ये बात है।'' माधव लाल ने हाथ मिलाने के लिए हाथ फेंकते हुए कहा–''मेरा एक दोस्त तीन सौ दो में धर लिया गया है–आतू–क्या नाम है तुम्हारा?''

''जयराम!''

''जयराम! अच्छा तुम अच्छी कह लो। फिर मैं इस मुक़द्दमा की कहूँगा।''

''नहीं नहीं–तुम कहो–'' जयराम ने माधव को थपकते हुए कहा और फिर स्वयं ही बोलने लगा–''किसी के सामने अपनी मूँछ नीची नहीं होने दी। ये अपना धर्म नहीं–और नहीं तो आज तक पूरे जिला का मैजिस्ट्रेट होता।''

माधव लाल ने पलट कर अपने सामने एक कमीने आदमी को देखा जो अपनी लाठी से ज़मीन पर घेरे बना रहा था और जो लगातार तीखी नज़र से उसे घूर रहा था। इस नज़र को सहन न करते हुए माधव लाल ने मुँह दूसरी ओर फेर लिया। उस कमीने आदमी की बातों में कुछ ऐसी सादगी थी कि क़ायल होते ही बनती थी। जयराम ने एक सर्द आह भरी और नाक के बहते लस को कम्बल के एक कोने से पोंछते हुए कहने लगा–

''लादी का बैल जब भागेगा, घूम फिर कर लादी के पास आ खड़ा होगा। बड़े मुंसिफ़ से लड़ाई हुई रीडरी छोड़ कर वकील का मुंशी हो गया। ये मेरा अन्तिम पेशा है। इससे पहले मैं बीस पेशे कर चुका हूँ।''

माधव लाल ने बात काटते हुए कहा–''तुम्हें तो भूख लगी

होगी जयराम।''

जयराम ने पेट पर हाथ मारा और बोला—''हाँ, है तो—भूख से नाभि के नीचे एक खलबली मची हुई है और यूँ डकार आ रहे हैं, जैसे वर्षों के लिए खा लिया है।''

''अच्छा तो चलते हैं—चलो—'' और माधव लाल ने अपने पूर्वी खलासी को आवाज़ देते हुए कहा—''ए सिखोई। बन्दरिया के नन्दोई।''

एक काला आदमी जिसकी आँखें मशाल की तरह प्रकाशमय थीं, क़रीब आने लगा। यूँ मालूम होता था जैसे अंधे कुएँ पर वही लटक रहा था। और यूँ भी लंगूर बंदरिया का नन्दोई होता है। सिखोई हाथ में मिट्टी के तेल और राख से गंदा हुआ एक चीथड़ा लिए हुए आ खड़ा हुआ और बोला—

''क्या है सरकार?''

''देखो, लाला की गठरियाँ उठा लो। फेंक दो इस चीथड़े को?''

सिखोई ने एक गठरी उठाई। दुख की गठरी। माधव लाल ने कम से कम वक़्ती तौर पर उठा ली थी और जयराम कुछ हल्कापन सा महसूस करता हुआ साथ हो लिया। रास्ते में बहुत देर ख़ामोशी रही। कभी-कभी अँधेरे में पत्थरों से ठोकरें खाने पर 'ओह' की आवाज़ होती। आख़िर जयराम बोला—

''दरअसल मैं दुनिया से बहुत उचाट हूँ बावरे! बहुत उचाट हूँ। इसलिए मैं इधर भाग आया हूँ। मैंने बहुत दौलत बर्बाद की है। लेकिन कुछ बन नहीं सका है। मेरी तबीयत में कुछ ऐसे स्थायी 'नुक़्स' पैदा हो गये हैं जिन्हें मैं कोशिश के बावजूद ठीक नहीं कर सका।''

माधव राम सुनता गया। जयराम बोलता गया—एक पवित्र ग्रंथ में लिखा है—''कितने ही जोबन हैं जो मुहब्बत के बिना मुरझा गये हैं'' और दरअसल मेरी आदतों, मेरी सब असमानता, मेरे नशे, मेरे विकल्प सबका कारण यही है कि मेरे साथ किसी ने मुहब्बत नहीं की। मैं नहीं जानता, आज तक नहीं जानता मुहब्बत किसे कहते हैं। क़र्तारपुर में तीस साल पहले एक घटना घटी थी—एक जवान लड़की

मेरी ओर देख कर मुस्कुराई थी। लेकिन छोड़ो इस बात को बावरे। अब तक तो वह आठ-दस बच्चों की माँ हो चुकी होगी और क्या मालूम वह अब कर्तारपुर में हो भी या नहीं।

इस बीच असीमित फ़िज़ा में कुछ ख़ाके पैदा होने शुरू हुए और सिखोई स्वयं एक जगह पर जाकर रुक गया। ये कमरा पत्थरों से बने हुए एक सुन्दर क्वार्टर का निचला भाग, जिसका एक दरवाज़ा ग़ायब था। दूसरा दरवाज़ा खुलने पर मैल और मिट्टी की बदबू बाहर की ओर लपकी। इस कमरे के अन्दर एक ओर दरवाज़ा जो स्टेशन मास्टर के कमरे में खुलता था। जिसकी दरार में से रौशनी की एक घुटी हुई किरण कमरे के ख़ाक ज़र्रात को तैरते हुए दिखा रही थी। दूसरी ओर से बावरे की जवान लड़कियों की ग़ुटुरगूं भी सुनाई दे रही थी। कमरे के एक ओर पयाल बिछी हुई थी। यहाँ माधव लाल अपनी गाय बाँधा करता था। जो इन दिनों बियाने के लिए बाहर भेज दी गई थी। सिखोई ने इशारा पाकर जयराम का बिस्तर पयाल पर पटक दिया और जयराम बिस्तर खोलने लगा।

जयराम के दिल में एक चुभन पैदा हुई। काश! उसे भी घर का एक आदमी समझा जाता और इधर किसी नर्म-गर्म कोने में जगह दी जाती। लेकिन मेहमान नवाज़ी भी मर्तबे के तलवे चाटती है। और वह ख़ामोश रहा।

थोड़ी देर बाद खाना और खाट आ गई। जयराम को अपनी हालत पर रहम आने लगा। उसके विचार में उच्चता थी। जिसने पयाल की दुनिया का ख़ालीपन पाट दिया था। बावरे ने भी खाना खाया और डकार लेते हुए बोला—बस दाल फुलका ही है, जिसका मतलब था कि उसकी व्यवस्था का बार-बार जिक्र किया जाए और शुक्रिया भी अदा हो। लेकिन प्रशंसा और शुक्रिया में जयराम ने कभी कंजूसी से काम नहीं लिया था। बावरा और भी ज़्यादा इंकार वाले स्वर में बोला—"बस तुम्हारे पाँव की ख़ैरियत प्रमात्मा ने सभी कुछ दिया है। दूध है, पूत है, भागवान पत्नी है..."

जयराम को ये बात ख़ुश नहीं कर सकती थी। उसे ज़िन्दगी में ये सब चीज़ें या तो प्राप्त ही नहीं हुई थीं, और जो प्राप्त हुईं वह वफ़ा

न कर सकीं, वह दूसरों की .खुशी में .खुश नहीं हो सकता था। ये उसके बस का रोग नहीं था। उसने डिबिया निकाल कर कुछ फाँका और अपनी बेचैनी के निकास के लिए बात का रुख़ बदलते हुए बोला–"कुछ रोज़गार की कहो बावरे–"

शायद यदि माधव लाल क़र्ज़दार होता तो उसके दिल को एक बात की खुशी होती, लेकिन माधव लाल बोला–मैं यहाँ 'सी' क्लास का स्टेशन मास्टर हूँ। कुछ महीनों में 'बी' क्लास का हो जाऊँगा और एक बड़ा जंक्शन स्टेशन मिलेगा। यहाँ क़रीब ही एक स्टेशन के लिए कोशिश कर रहा हूँ जहाँ से सारे पंजाब में स्लीपर जाते हैं और मूँगफली, प्रति स्लीपर चार आने और प्रति बोरी मूँगफली दो आने मिलते हैं।"

जयराम ने घबराकर बात काट दी–"अभी तुम्हारी नौकरी काफ़ी होगी।"

माधव लाल बोला–"अभी बहुत काफ़ी है। मुझे आशा है कि रिटायर होने से पहले मैं ए क्लास के स्टेशन पर नायब स्टेशन मास्टर तो हो सकूँगा। वह पहले ही अपना मुँह छिपाने के लिए बिस्तर टटोल रहा था। सोने की कोशिश के बावजूद जयराम को नींद न आई। उसे माधव लाल से ईर्ष्या हो रही थी। उसे अपनी दुनिया उस बेल की तरह दिखाई देने लगी जो बड़े से पेड़ पर चढ़ती है, बढ़ती है लेकिन पूर्वाया, पछुवाया के पहले ही झोंके पर सड़ जाती है।

गीली पयाल की सड़ाँध से जयराम बहुत दुखी हुआ, सुबह के समय कुछ आँख लगी, तो मुर्ग़ियों की गुटरगूं ने उसे जगा दिया। जयराम उठा और उसने दरवाज़े के क़रीब होकर बाहर झाँका। दूर क्रेन पत्थरों का दाना दुंका चुग रहा था और उसके आस-पास मज़दूर यूँ चिमटे हुए थे जैसे गूदे भरी हड्डी के इर्द-गिर्द च्यूँटियाँ चिमट जाती हैं। कुछ बन्दर घने पीपल से मुसाफिरख़ाने की छत पर उतर आये और उसे वारनोफ़ की प्रयोगशाला बना दिया था। नीचे मुसाफिर स्टेशन के अन्दर दाखिल होने के लिए एक दूसरे में उलझ रहे थे। जबकि कोई ख़ास भीड़ न थी। लेकिन ये अफ़रा-तफ़री मुसाफिरों की ज़िन्दगी का एक हिस्सा बन चुकी थी।

बाहर निकलते थे तो अफ़रा-तफ़री दिखाते थे और अन्दर आते तो परेशानी प्रकट करते—माधव लाल के सामने ही किसी ने एक गँवार को छक्के देकर कुछ लातें और घूँसे मारे। लेकिन वह व्यक्ति फिर से साफा बाँध आँखें झपकाता हुआ उसी जगह आ खड़ा है जैसे कुछ हुआ ही नहीं...

जयराम के दिल में फिर बावरे की संतुष्ट दुनिया और उसका शानदार भविष्य पैदा हो गया। एकदम घुटन सी महसूस करते हुए जयराम उठा और अपने कपड़े-लत्ते सहित बाहर निकल आया। इस जल्दबाज़ी में उसने अपने मेज़बान का शुक्रिया तक अदा न किया।

बाहर निकल कर वह कुछ गन्दे और स्वस्थ पिट्ठुओं के पास पहुँचा और बोला—"क्यों भाई ठठर चलोगे?"

पाँच-छह पट्ठू जयराम के बोझ के लिए दौड़े और फिर एक साथ उस पर हाथ डालते हुए आपस में लड़ने लगे लेकिन और एक आदमी ठठर जाने के लिए दिखाई दिया तो सबके सब जयराम का बोझ रखकर उसकी ओर भागे और फिर वहाँ भी वही हाथा-पाई शुरू हो गई। जयराम पिट्ठुओं की इस हरकत से अन्दाज़ा न कर सका कि क्यों उसकी गठरी पहले थामी और फिर एकाएकी फेंक दी गई है। थोड़ी देर के बाद उसके कारण का पता चला। पिट्ठू अकेले ही दो मुसाफ़िरों का बोझ उठाना चाहते थे। एक शारीरिक शक्ति के लिहाज़ से सब पर हॉवी था। दूसरे जयराम ने ललकारा—"ख़बरदार! यदि इसे किसी ने हाथ लगाया तो।"

सब के सब उस बूढ़े जयराम की शक्ल देखने लगे जो कि अब गठरी पर धरना मारे मुँह में अश्लील गालियाँ मिनमिना रहा था। दूसरा मुसाफिर जानता था कि जब तक पिट्ठू दूसरे के बोझ से लद नहीं जाएगा यहाँ से नहीं हिलेगा। उसने जयराम को मुख़ातिब करते हुए कहा—

"लाला! दे दो बोझा अपना—देते क्यों नहीं, आओ चलें।"

जयराम ने ग़ुस्से से भरी निगाहें उस नए मुसाफ़िर की ओर उठाईं। और फिर ये जान कर कि ये मेरे ही गाँव का आदमी है चुप हो गया वर्ना झंझट हो जाती। नए मुसाफ़िर का जिगर ख़राब था।

आँखों के नीचे बड़े-बड़े थैले थे और आँखों के अन्दर कुकरों की सुर्ख़ी दिखाई देती थी। वह कुकरों को ख़ारिश से आराम पाने के लिए बार-बार अपने बहुत मैले कोट के कफ़ों को बारी-बारी आँखों पर रगड़ता। कुछ होंठ बिसूरकर और आँखें फैला कर फिर बोला—"थूक दो ग़ुस्सा।"

जयराम ने कहा—"लाला यदि इंसान हो तो इन बन्दरों को सबक़ सिखाने के लिए बोझ यहाँ रख दो। फिर इकट्ठे जायेंगे।"

लाला ने मान लिया और दोनों इकट्ठे बैठ गये। जयराम बोला—"ठठर में तुम्हारा कौन होता है?"

"मैं बीस साल से ठठर में रहता हूँ। यद्यपि मेरे पास तीन मकान हैं जिनका तेरह रुपया हर माह किराया आता है। फिर भी मैं ठठर में रहना पसंद करता हूँ। वहाँ का पानी आँखों के लिए अच्छा है।"

"क्या काम करते हो?"

"अमावट बेचता हूँ। जब आमों की फ़सल होती है तो सैकड़ों मन आम एक बड़े अहाते में 'सफ़ों' पर बिछा दिये जाते हैं। पिट्ठू पाँव धोकर उनमें घूमते हैं और अपने पाँव से उनका 'मलीद' बनाते हैं और फिर उस मलीदे को साफ़ करके और सुखाकर अमावट बनाया जाता है।"

जयराम ने दूर इंजन को पानी पीकर ठोकर के क़रीब पहुँचते हुए देखा और सोचा कि इंजन ठोकर से टकराकर या तो ख़ुद उलट जाएगा, और नहीं तो ठोकर तो चकनाचूर कर देगा। जयराम का अन्दर का साँस अन्दर और बाहर का बाहर रुक गया और वह अपनी गठरी पर से उठ कर लाठी के सहारे खड़ा हो गया और इंजन की ओर देखने लगा। ठोकर के पास इंजन के खड़े हो जाने से जयराम ने संतोष का साँस लिया और वापस अपने बोझ पर बैठते हुए बोला—"अमावट का व्योपार करने वाले तुम्हारे सब लोगों को जानता हूँ।"

"कैसे जानते हो?" लाला ने फिर कफ़ों से आँखें मलते हुए पूछा—

"मैं ठठर ही का वासी हूँ। आतू खट का बेटा। छोटा और बड़ा भाई पागलखाने में हैं।"

लाला उठ खड़ा हुआ और उसने आतू के बेटे से पूरे जोश से हाथ मिलाया। वे दोनों कुछ लम्हे के लिए एक-दूसरे को देखते और मुस्कुराते रहे। लाला अपना सिर भी हिलाता रहा जैसे उसे किसी मानसिक उलझन का हल मिल रहा हो। जयराम ने ख़ामोशी को तोड़ते हुए कहा—"लेकिन लाला! तुम्हारे ख़ानदान के सब लोगों में अमावट का खट्टापन होता है। और तुम में खट्टापन नाम को नहीं?"

लाला हँस दिया। जयराम ने जेब में से एक थैली निकाली और उसमें से तम्बाकू निकाल कर हथेली पर मला और फाँक गया। उस समय आसमान साफ़ था। और सूर्य निकल आया था। जिसके उदय होते ही धुंध उतरने लगी और फिर सूर्य अपनी गर्म शक्ति खोकर एक कांसे का थाल दिखाई देने लगा। लाला की कँपकँपाती आँखों के लिए ये रौशनी भी ज़्यादा थी। उसने माथे पर हाथ रख लिया और जयराम के कुरेदने पर बोला—

"छिः और अमावट के सब व्यापारी गन्दे रहते हैं। उनके इर्द-गिर्द मक्खियाँ भिनभिनाती रहती हैं। ये सब ठीक है लेकिन इस अमावट की बदौलत मैंने तीन चार मकान बना लिए हैं और यहाँ से कई मन अमावट हर साल शहर लाहौर को ले जाता हूँ। कल ही वापस आकर तीन बीसी कम दो हज़ार की वसूली करने जा रहा हूँ।

जयराम ने तुरत लाला की बातों में दिलचस्पी ख़त्म कर दी और ठठर जाने का इरादा रोक दिया और बोला, "लाहौर? लाहौर बहुत बड़ा शहर है, वहाँ सब कुछ बिक जाता है। गन्दगी, अमावट सभी कुछ बिक जाता है।"

पिट्ठू दूर खड़े बेसब्री से उन दोनों की बातें सुन रहे थे। कुछ मायूस होकर चले गये और कुछ अपने के सहारे खड़े रहे। दूर से एक और सवारी दिखाई दी और सब के सब उसकी ओर दौड़े। जयराम ने फिर न मैं सिर हिलाते हुए कहा—

"चः चः—लाला तुम बहुत हो गये हो। लेकिन इस का फ़ायदा

ही क्या—तुम्हारी अपनी पोशाक—ये देखो, कमाई तो बाजारी औरतों की भी बहुत होती है, लेकिन पेशे-पेशे में फ़र्क़ है ना।''

लालों ने आँखों पर रोक बनाते हुए इस बात की तसदीक़ की, कि ये आतू खट का बेटा बोल रहा है फिर अपने कपड़ों की ओर देखते हुए बोला—

''तुम चाहते हो, तुम्हें सॉरी भी मिले और चुपड़ी हुई भी—ये दो बातें असम्भव हैं।''

इस बीच एक पिट्ठू तीसरे ग्राहक से भी मायूस होकर लौटा। लाला ने जल्दी से उसे अपना बोझा उठवा दिया और कुछ दूर जाकर ठहर गया पीछे की ओर घूमा और एक पूरा पंजा और एक उँगली दिखाते हुए बोला—''इस फ़सल में छह सौ मन अमावट शहर ले जाऊँगा और हो सका, तो एक हज़ार—'' और एक हज़ार कहते हुए उसने अपने दोनों पंजों को पूरी तरह फैला दिया और अपना बोझ आप ही उठाये घाटी की ओर बढ़ा। जयराम उसके ग़ायब होने तक उसके 'मीज़ान' से बाज़ू कभी एक ओर से नीचे और कभी दूसरी ओर से ऊपर होते हुए देखता और मुँह में कुछ बड़बड़ाता रहा। यहाँ तक कि लाला एक चट्टान के पीछे ग़ायब हो गया।

उस समय इंजन वापस लाइनों के एक जाल में उलझने के लिए जीहून दोआब टर्मिनस छोड़ने के लिए तैयार था। वह उधर रुख किये हुए था और हर साल हज़ारों मन अमावट की खपत थी। इंजन एक .ख़ुश बिल्ली की तरह खुर-खुर कर रहा था उसकी आवाज़ कभी ऊँची और कभी मद्धिम हो जाती। कभी एक ऊँची सीटी बाज़ार में खेलने वाले बच्चों को डरा देती, या ख़लासियों, सिगनलमैनों के निडर बच्चे इंजन की नक़ल में सीटियाँ बजाने लगते और एक-दूसरे की कमीज़ पकड़कर एक हाथ से पिस्टन बनाते हुए चलने लगते।

जयराम ने इस परेशानी की हालत में गठरी उठाई और मुसाफ़िर ख़ाने की ओर चल दिया। दुनिया कितनी फैली और असीमित थी लेकिन इसपर उसका हृदय कितना तंग हो गया था। मुसाफ़िरख़ाने में भीड़ साफ़ हो रही थी। कुछ देर बाद एक सुन्दर वस्त्र पहने हुए व्यक्ति सामने आया और बोला—

"मैं टिकट लेना चाहता हूँ बुड्ढे! क्या मेरे इस अटैची और बिस्तर का ख़याल रखेंगे?"

जयराम ने उस सुन्दर छोकरे की ओर देखा और इससे पहले कि वह स्वीकृति में अपना सर हिलाये, नौजवान अपना सामान रख कर जा चुका था। जयराम एक सेवक की तरह इन चीज़ों के पास खड़ा हो गया। वह नौजवान कुछ देर के बाद टिकट लेकर लौटा और जयराम ने पूछा।

"साहब बहादुर! किधर जा रहे हैं आप?"

नौजवान ने ये उपाधि पसंद की। उसने .ख़ुश होकर एक सिगरेट सुलगायी। एक अदा से दियासलाई को बुझा कर पाँव के नीचे मसलते हुए वह क़रीब-क़रीब सारे का सारा घूम गया और बोला–

"मैं बहुत दूर जा रहा हूँ, बुड्ढे बहुत दूर–"

"दूर–?"

"हाँ दूर–तुम्हारे अनुमान से अलग–"

"क्या सान फ्रांसिस्को जा रहे हो?"

नौजवान ने हैरान होकर जयराम की ओर देखा और दिल ही दिल में बुड्ढे की भौगोलिक विद्या से प्रभावित होते हुए बोला–"बम्बई जा रहा हूँ बाबा।"

"बम्बई–?–है तू दूर ही।" जयराम सोचते हुए बोला–"सैर करने का इरादा है?"

"मैं एक फिल्म कम्पनी में एक्टर भरती कर लिया गया हूँ बाबा–अभी मुझे विलेन का पार्ट मिला है। विलेन समझते हो ना? वह छोकरा जो आशिक और माशूक़ के बीच बाधक हो जाता है और जिसकी लातों और घूँसों से मरम्मत होती है। लेकिन मुझे इन लातों और घूसों की कोई परवाह नहीं–विलेन के बाद अगला क़दम है हीरो–मैं कुछ बनूँगा, बाबा तुम्हारा आशीर्वाद चाहिए।"

जयराम ने आशीर्वाद का एक शब्द भी मुँह से न निकाला। उसकी निगाहों से घृणा टपकने लगी। उसने जंगला पकड़ने के लिए हाथ बढ़ाया तो वह काँप रहा था। नौजवान ने अपना अटैची, ट्रंक

और बिस्तर एक पिट्ठू से उठवाया, और फाटक के पीछे ग़ायब हो गया। कुछ समय बाद पुल पर उसकी टांगें चलती हुई दिखाई दीं। जयराम कुछ क्षण दुविधा की हालत में खड़ा रहा। अचानक एक विचार के आने से उसका चेहरा खिल उठा—उस समय गाड़ी छूटने की घंटी बजी। जयराम भागा और टिकट घर के सामने जा खड़ा हुआ और बहुत से पैसे निकालकर खिड़की में बिखेर दिये। टिकट बाबू बोला—

"किधर जाओगे बुड्ढे?"

"करतारपुर—करतारपुर—" जयराम ने दोहराया और गाड़ी छूटने से कुछ ही क्षण पहले जयराम गाड़ी में सवार हो गया। उस समय जबकि ठोकरें यक्का और अकेला करने, बज्जू बावरा उसकी नज़रों से ग़ायब हो चुका था, उसे जीवन अति मनोरंजक दिखाई देने लगा था।

गाली

डाकिये कुछ नये थे और कुछ पुराने। लेकिन इन सब लोगों का जैसे धर्म और बंधुत्व का एक समुदाय सा बन चुका था। इनमें रहमत नूर और प्रताप सिंह की आपस में गाढ़ी छनती थी।

"63 अ नहीं आया?" प्रताप सिंह ने दिन भर के काम के बाद अपनी 'वापसी' मेज़ पर बिखेरते हुए कहा।

ख़्वाजा क्लर्क ने 'न' में सिर हिला दिया और आँख के एक कोने से प्रताप सिंह की ओर देख कर मुस्कुराया। ख़्वाजा जानता था 63 अ यानी रहमत नूर और प्रताप सिंह में जब तक जूतीम पैज़ार न हो ले, किसी को काम का मज़ा ही नहीं आएगा।

"ख़्वाजा–" प्रताप सिंह ने ख़्वाजा में रहमत नूर का एक महंगा बदल तलाश करते हुए पुकारा। ख़्वाजा को मालूम था कि प्रताप सिंह ने जान बूझ कर उसके नाम को बिगाड़ा है। उसने एक बड़ी होशियार निगाह से प्रताप सिंह की ओर देखा और बोला–

"क्यों बड़ी ख़ारिश हो रही है सरदार?"

अचानक पिंग-पांग की सी बड़ी मेज़ के दूसरी ओर रहमत नूर अपनी शिकारी जाली और अविभाजित पार्सल रखता हुआ दिखाई दिया। गर्मी की शिद्दत से उसकी बुरी हालत थी। पसीना कूल्हों से नीचे की ओर गिरता हुआ खाकी पतलून के बीचों-बीच पिंडलियों पर

बूँद-बूँद टपक रहा था। उसके बाल पगड़ी की लपेट में से बाहर निकले हुए थे। प्रताप सिंह ने 'ख़्वाजा' से टक्कर लेना उचित भी न समझा और तुरत 63 अ की ओर पलटते हुए बोला—

"अबे रहमत नूर—देख तेरी अक़ल के बख़िये उधड़ रहे हैं।"

रहमत नूर ने स्वयं और अपने आस-पास से जानकार होते हुए अपने बाल पगड़ी में दबाने शुरू किये। बिखरे हुए बालों के सम्बन्ध में अक़ल के बखिये का इशारा संभवतः प्रताप सिंह ने—.ख़ुदा गंजे को नाख़ून न दे, यदि दे तो अक़ल के बख़िये उधेड़ दे—के उदाहरण से लिया था। उसमें राज़ ये भी था रहमत नूर चन्दया से चटियल था और यही उसकी दुखती रग थी।

प्रताप सिंह ने इसी पर 'बस' न करते हुए कहा—"ढाई बाल हैं साले के और वह भी तो सँभाले नहीं जाते।" और ये सब कुछ इस तरह कहा कि कोई सुने या न सुने लेकिन हक़ हक़दार को पहुँच जाए। ख़्वाजा सुनकर मुस्कुराया तो प्रताप सिंह को उस मुस्कुराहट में समर्थन दिखाई दिया। फिर प्रताप सिंह अपने लम्बे बालों की ओर संकेत करते हुए बोला—

"देखो वाहेगुरु ने इधर कितनी अक़ल दी है, मगर क्या मजाल बख़िया उधड़ा हुआ नज़र आये।"

ख़्वाजा ने दिल ही दिल में इस .ख़ुशमज़ाक़ी पर दाद दी और कहा—"तुमने अपनी अक़ल के नाख़ून उतरवा लिए हैं लेकिन 63 अ ने नहीं।"

रहमत नूर ने मैदान हाथ से जाते देखा तो बोला—"ख़्वाजा जी—सुना है अब सिखों के बारह नहीं बजेंगे?"

उन दिनों हुकूमत ने जंग-हित के आधार पर स्टैण्डर्ड टाइम में एक घंटे की वृद्धि की थी और रहमत नूर का इसी बात की ओर संकेत था। प्रताप सिंह ने ये दाव अपने ऊपर लेकर उसकी प्रतिष्ठा को कम कर दिया। अपने आप पर हँसना एक बहुत बड़ा फ़न है। प्रताप सिंह बोला—

"बल्कि एक दिन में दो बार बजा करेंगे। एक बार जबकि बारह बजा करते थे और दूसरी बार जबकि एक बजा करेंगे।"

अब तक सब प्रताप सिंह और रहमत नूर की इन बातों में दिलचस्पी लेने लगे थे। उनको देखकर हेड क्लर्क के सहायक भी आ गए। आप गिनती के कुछ आदमियों में से थे जो अन्दर से शरीफ़ हों, लेकिन यूँ बदमाश नज़र आएँ। बड़ी-बड़ी सींघिया मूँछें, घनी भवें, नाक भद्दी और पिचकी हुई आपने आते हुए अपना महत्व जताया। इधर-उधर देखकर नियंत्रण की स्थिति पैदा करते हुए बोले—हेडक्लर्क साहब बहुत खफ़ा हो रहे हैं। शोर न मचाइये—और फिर उनके शोर में सम्मिलित हो गये स्वयं भी तबियत राजसी पाई थी बल्कि 'अकबराना', क्योंकि उस दिन बात और हवाई लड़ाई उठती देख कर आपकी कई भावनाओं को इत्मीनान होता था। हेड क्लर्क साहब तो अपनी सीट से हिलते ही नहीं थे। उन्हें हमेशा मिसाल क़ायम करने की पड़ी रहती थी। अनुकरणीय ऐयाशी का आनन्द नहीं उठाया था। नये-नये डिवीज़न से बदल कर आये थे निहायत शरीफ़ दुबले-पतले, अल्लाह वाले, दफ़्तर में दो मिनट की भी फुर्सत होती तो आँखें बन्द करके अपने अल्लाह को याद करने लगते। मनसवी मौलाना रोम और तज़करतुल औलिया से शिक्षा शुरू होकर इन्हीं दो किताबों पर ख़त्म हो जाती थी। नरमी के बड़े क़ायल थे। भावना को ज़रा भी किसी ने छेड़ा तो आँसू हैं कि बहे चले जा रहे हैं। ख़ैर आप वहीं बैठे तमाशा देखते रहें। जब प्रतापसिंह ने रहमत नूर का दाव अपने ऊपर ले लिया तो रहमत नूर ने मनीआर्डर की रसीदें इकट्ठी कीं और कानों को छूते हुए बोला—

'चूं कुफ़्र अज़काबा बरख़ीज़द कुजा माँद मुसलमानी।'

प्रताप सिंह तिलमिलाया। फ़ारसी उसके बाप-दादा को नहीं आती थी और रहमत नूर मुंशी आधी-आधी बात पर गुलिस्तान के हवाले दे। उसने बड़ी बेबसी की हालत में चारों ओर देखा। जैसे कह रहा है, ये ज़ुल्म है, सरासर ज़ुल्म है। पंजाबी है, ये ज़ुल्म है, सरासर ज़ुल्म है। पंजाबी बोले पंजाबी में जवाब ले, ज़रा मैदान में आए। प्रताप सिंह हर विदेशी भाषा को काला ज्ञान कह कर पुकारा करता था। सिटपिटाते हुए बोला—"ये काला ज्ञान है ख़्वाजा साहब?" और अबके ख़्वाजा साहब का नाम बड़े अदब और तपाक से लिया गया।

प्रताप सिंह बिल्कुल इस तरह इधर-उधर देख रहा था जैसे कोई डूबता हुआ आदमी मदद के लिए वहशतनाक और फटी-फटी निगाहें इधर-उधर चारों ओर डालता है। ख़्वाजा और सहायक हेड क्लर्क जिसे डाकघर की परिभाषा में तहसीलदार कहते थे, बोले—रहमत नूर कह रहा है—"अगर कुफ़्र काबा से ही पैदा होने लगे, तो मुसलमानी किधर जाएगी?"

प्रताप सिंह ने बदला चुकाते हुए कहा—"तो मुसलमानी मेरे पास चली आएगी, इधर वाहेगुरु का दिया सबकुछ है"—इस पर सब ख़ामोश हो गये।

रहमत नूर और प्रताप सिंह, कृपा और इनायत मसीह, ये सब लोग हँसते खेलते, चीख़ते-चिल्लाते एक साँस में आशीर्वाद और दूसरे में गंदी गाली बकते अपना-अपना काम किये जाते। उनका सींग फ़्रा, उनका कोरस एक राष्ट्रगान की तरह जोशीला होता। उनकी गाली हमेशा संक्षिप्त होती लेकिन आशीर्वाद के दफ़्तरों से अधिक शक्तिशाली और फिर तेज़ असर—

इन डाकियों में से कुछ शहर के बसने वाले थे लेकिन अक्सर देहात में से आये थे। सब के सब सीधे-सादे थे, और बड़ी सावधानी से 'ना तराशीदा' मगर उनकी सभ्यता च्यूँटी और शहद की मक्खी से भी ज़्यादा पुरानी थी जिस शिल्पी निपुणता राजसी से ये शब्दों के घरौंदे बनाते, इसके लिए जब ज़्यादा तराश-ख़राश की ज़रूरत भी तो नहीं रही थी। ये बिना जाने बूझे गाली के फ़न से परिचित थे और शताब्दियों से इस संस्था के महत्त्व से परिचित और इस बड़ी सच्चाई तक पहुँचने के लिए कि गाली कभी-कभी अपने विचार की अभिव्यक्ति का संक्षिप्त एक तरीक़ा है, सोचने के लिए न किसी बीच की प्रक्रिया की ज़रूरत थी न विश्लेषण और औचित्य की।

डाकघर की जोत के ये दो सौ बैल इसी तरह हँस खेलकर अपनी दबी हुई भावनाओं को अश्लीलता से संतुष्ट कर के जब एक साथ और एक ओर ज़ोर लगाते तो डाकघर का ये छकड़ा चलता रहता लेकिन इस घटना के दूसरे दिन उनकी गाड़ी की रफ्तार बदल गई।

दूसरे दिन फिर रहमत नूर काफ़ी देर से ब्रांच में दाख़िल हुआ लेकिन प्रताप सिंह को देखकर उसकी पेशानी के तमाम शिकन

चिरस्थाई हो गये। प्रताप सिंह ने भी रहमत नूर की ओर देखा और मुस्कुराया। रहमत नूर ने क़मीज़ का तकमा ढीला किया और कमीज़ को पंखा बना कर हिलाते हुए कहा–"उफ़्! कितनी गरमी है!–अल अमान!– अलहफ़ीज़!" लेकिन आज प्रताप सिंह की हालत ठीक नहीं थी। यूँ मालूम था जैसे उसे लू लग गई है। रहमत नूर ने उसकी ओर देखते हुए कहा।

"आज ख़ालसा जी की बकरी बैठी हुई है।"

प्रताप सिंह ख़ामोश रहा। रहमत नूर बोला–"अबे झक्कड़ सिंह!"

प्रताप सिंह ने फिर रहमत नूर की ओर देखा। मुस्कुराया और बोला–ख़ालसा जी की बकरी नहीं बकरा होता है।" और फिर वह बकरे की तरह मिमियाया।

सब हँस दिये। "यद्यपि लोगों की दीवाली होती है सरदारजी का दीवाला।" ख़्वाजा ने हस्तक्षेप करते हुए कहा–"जो अब उपाधि दी है प्रताप सिंह ने मान लिया हम ने उसे। आज हालत ठीक नहीं है लेकिन फिर भी–ज़िन्दा हाथी एक लाख का और मरा हुआ सवा लाख का।"

प्रताप सिंह ने गर्व से दाढ़ी पर हाथ फेरा ख़्वाजा ने घड़ी की ओर देखा और फिर रहमत नूर को झिड़कते हुए बोला–"रहमत नूर! भई वापसी जल्दी ही देखो सरदार सबकुछ लौटा चुका है।"

"झक मारता है सरदार।" रहमत नूर ने कहा।

ख़्वाजा ने अपने आप सरदार की सफ़ाई पेश करते हुए कहा–"बहत्तर मनीऑर्डरों में से केवल तीन वापस लाया है–केवल तीन!"

प्रताप सिंह ने ख़्वाजा की ओर देखा, ख़्वाजा मुस्कुरा दिया और इशारे में इजाज़त दे दी। रहमत नूर ने उस सरकारी समर्थन से लाभ उठाते हुए अपने थैले को मेज़ से सरका दिया। दाएँ हाथ की थाप देते हुए गाने लगा।

भाई ज दी कुछ विच गोह डर गई
इक कढ़न लगे दो जी होर डर गई

सरदारजी के कच्छे (सिक्खों का एक धार्मिक वस्त्र) में गोह दाख़िल हो गई। एक गोह को निकालने लगते हैं तो दूसरी दाख़िल हो जाती है। सब के सब इस ज़टिल तुक पर हँसने लगे। युद्ध के कारण क़ीमतों की महँगाई और वेतन की कमी, समाजी दबाव के कारण जज़्बात का ज़ब्त, सब कुछ न ही क्लर्कों और छुट्टी बिताने वालों के चेहरे पर रेखाओं के रूप में लिखा और हवाइयों की सूरत में छाया हुआ था लेकिन अफ़सोस अश्लीलता और अपशब्द के कारण उन्हें ये बोझ महसूस नहीं होता था और वह हँसी खुशी अपना काम किये जाते बल्कि काम नियम अनुसार और तेज़ी से होता था। इस 'अलैक-सलैक' (सलाम) के बाद रहमत नूर प्रताप सिंह, उनके साथी और क्लर्क से संतुष्ट हो गये। सारे दिन के परिश्रम के बाद जैसे ताज़ा दम हो गये।

रहमत नूर का इलाक़ा–इलाक़ा जिसे दफ़्तरी भाषा 63 अ के नाम से जाना जाता था, बहुत गन्दा इलाक़ा था। ये शहर की नई आबादी थी। आज शहर सफ़ेद सिलसिला होता तो कल वहाँ एक बड़ा महल खड़ा होता–कहाँ की ईंट, कहाँ का रोड़ा, भानुमति ने कुनबा जोड़ा–कोई मुल्तानी में "रोटी मैकोड है" कहता तो कोई "कढाई वंजनी" कोई पोठोहार की सभ्यता का बाशिन्दा होता तो कोई कशमीरी ककेज़ई अपनी-अपनी डफली अपना-अपना राग, परिणाम संगीत नहीं, एक कर्कश शोर, आधा बोरज़वा से लोग जो केवल इस बात पर ख़ुश रहते, कि उन्हें किसी की परवाह नहीं है, जो किसी के मकान से परिचित हुए भी उसका पता बताने में अपनी सबकी अच्छाई समझते। ऐसे इलाक़े में डाक बाँटना रहमत नूर का काम था और प्रताप सिंह का इलाक़ा उससे भी बुरा था। साफ था सुथरा था लेकिन रेलवे कालोनी के प्रत्येक निवासी ने एक कुत्ता रखा हुआ था जो प्रति दिन प्रताप सिंह की गर्दन दबोचता, दोनों ने उसका हल निकाला हुआ था। रहमत नूर ने इलाक़े की औरतों में सम्मान प्राप्त कर लिया था और प्रताप सिंह कुत्तों से बचने के लिए एक आना रोज़ के छेछड़े ख़रीद लेता और जब कोई कुत्ता काटने आता तो पुचकार कर छेछड़ों की रिश्वत दे देता। इसके बावजूद गर्मियों की

चिलचिलाती धूप में उनकी जान निकल जाती। कहीं बख़्शीश मिल जाती तो एक आध गिलास शिकंजी का पिया जाता। नहीं तो ठण्डा पानी और घर की रानी–

धूप की तेज़ी से आज प्रताप सिंह बहुत घबराया हुआ था। उसकी लगातार ख़ामोशी के बावजूद रहमत नूर ने उसे दबोचे रखा और पूछने लगा–"आज देर से क्यों आये हो प्रताप सिंह?"

"तुम्हारी माँ के साथ सो रहा था।" प्रताप सिंह ने एक क्रुद्ध कुत्ते की तरह बाछें ऊपर उठाते हुए कहा–रहमत नूर नाराज़ नहीं .खुश हुआ कि वह प्रताप सिंह को चिढ़ाने में सफल हो गया। अचानक बाईं ओर से बादल की गरज सुनाई दी। ये बादल नहीं था। रशीद उद्दीन हेड क्लर्क साहब थे। होठों के किनारे कफ़ की एक काफ़ूरी तहरीर सी दिखाई दे रही थी। आँखों की डबल कनखियों के पीछे से चुँधी सी आँखें यूँ दिखाई दे रही थीं जैसे दो छोटे-छोटे पाइपों में से चिंगारियां निकल रही हों, बोले–"ये दफ़्तर है या अश्लीलता या ऐयाशी का अड्डा? मैं यहाँ किसी को गालियाँ नहीं बकने दूँगा।"

"बात ये है श्रीमान।" प्रताप सिंह ने अब दावे के अन्दाज़ में कहा–"मैं...मैं..."

"मैं मैं का बच्चा–ख़बरदार जो आइन्दा ऐसा-वैसा शब्द निकला तो...."

"मेरी बात..."

"मैं कोई बात-वात सुनना नहीं चाहता समझे, मैं पोस्टमास्टर के सामने इस मामले की शिकायत करूँगा।"

सब ख़ामोश हो गये। रपट पोस्टमास्टर के पास प्रस्तुत की गई। प्रताप सिंह और रहमत नूर पर चार्ज शीट लगा। लेकिन मामला चेतावनी से आगे न बढ़ा। बहुत अच्छा हुआ एक नियमानुसार ऑफिस आर्डर निकाला गया। जिसमें सद्व्यवहार के सम्बन्ध में एक अश्लील शुरुआत थी और उसके बाद एक अमिश्रित हुक्म था जो कोई डाकिया मनीआर्डरों, चिट्ठियों, बैरंगों, पार्सलों, रजिस्ट्रियों की वापसी देते हुए गंदी बातें नहीं करेगा, उसे तुरत सस्पेण्ड कर दिया जाएगा, और एमर्जेन्सी पर नियंत्रण पाने के लिए हेड क्लर्क के

अधिकार भी बढ़ा दिये गये।

अब दफ़्तर एक अच्छा-ख़ासा क़ब्रिस्तान बन गया था। कान बग़ल वालों की ख़ामोशी को पाकर सारा दिन साँय-साँय करते रहते और हेड क्लर्क रशीद उद्दीन आँख बन्द करके रूहानी रास्ते तय करता और अपने नफ़्स बांगदरा सुन कर आनन्द उठाता। उसकी आत्मा की तो प्रतिष्ठा बातचीत से नष्ट होती थी, अब सुरक्षित था।

रहमत नूर एक दिन नियम के विरुद्ध ज़्यादा देर में आया। उसके चेहरे की रेखाएँ गहरी थीं। आते ही उसने अपनी थैली नीचे रख दी और पिंग-पांग वाली मेज़ के पास बैठ गया और वापसी काग़ज़ात और चीज़ें बिखेर लीं–

रहमत नूर ने दोनों हाथ बाँध दिये और प्रार्थना के शब्दों में बोला–

"ख़्वाजा जी। अल्लाह रसूल के लिए मुझे तिरेसठ अ से निकालिए नहीं तो मैं मर जाऊँगा।"

ख़्वाजा ने रुखे-फीके अंदाज़ में कहा–"यह तुम लोगों का बहाना है। मैं तुम्हारी शिकायत करूँगा। क्या इससे पहले तुमने इस इलाक़े में काम नहीं किया–?"

"ख़्वाज़ा जी।" रहमत ने उसी तरह प्रार्थना की। "अब इस क्षेत्र में आबादी दो गुनी हो गई है, शायद ये आप नहीं जानते और यदि मेरे कहने पर आपको विश्वास नहीं है तो टाउन इंस्पेक्टर साहब को कहिये कि वह चलकर देख लें–"

और फिर राज़दाराना स्वर में बोला–"आप जानते हैं ओवरसियर भी अपने दफ़्तर के केस करने के लिए मुझे दे देता है और ख़ालिद साहब टाउन इंस्पेक्टर भी।"

और फिर रहमत नूर सफ़ेद ख़ाकी दीवार की ओर देखने लगा जहाँ एक कलेण्डर के अलावा कुछ नहीं था लेकिन रहमत नूर को उस दीवार पर जाने क्या कुछ दिखाई दे रहा था। कुछ देर चुप रहा फिर बोला–

"ख़्वाजा साहब मेरी सिफ़ारिश कीजिए। मेरे छोटे-छोटे बाल बच्चे हैं।"

और रहमत नूर मनीआर्डरों की रसीदें पकड़ कर फिर दीवार की ओर देखने लगा। प्रताप सिंह आया। उसके हाथ पर पट्टी बँधी हुई थी और आते ही रहमत से कुछ हट कर बोला—"चौधरी साहब सलाम।"

चौधरी साहब ने लम्बा सा मुँह बनाते हुए कहा—"वअलैकुम सलाम, कहिये मिज़ाज तो अच्छे हैं?"

रहमत नूर और प्रताप सिंह इस अनौपचारिक गुफ़्तुगू से इतने मायूस नहीं हुए जितने ख़्वाजा साहब। वह हक्का-बक्का इन दोनों की ओर देख रहे थे। एक क्षण के लिए उन्होंने पेन होल्डर अपने दाँतों में दबाया और प्रताप सिंह की ओर देखे बिना बोले—

"प्रताप सिंह वापसी दे दो।"

प्रताप सिंह ने ख़्वाजा साहब की ओर न देखा और जल्दी-जल्दी अपने थैले में से मनीआर्डर निकालने लगा। हेड क्लर्क साहब न जाने क्यों अपनी जगह से उठ खड़े हुए और दोनों हाथ बग़ल में देकर कमरे के इधर-उधर टहलने लगे और मुँह में बड़बड़ाने लगे।

"आज बहुत देर हो गई—बहुत देर—"

ख़्वाजा साहब ने समर्थन करते हुए कहा—"जी हाँ, हेड क्लर्क साहब, पता नहीं क्या बात है। यूँ मालूम होता है जैसे दिन छोटे हो गये हैं।"

प्रताप सिंह ने मनीआर्डर मेज़ पर बिखेर दिये। ख़्वाजा साहब ने एक नज़र मनीआर्डरों की ओर देखा और बोले—"प्रताप सिंह इतनी वापसी क्यों लाये हो?"

प्रताप सिंह ने हकलाते हुए कहा—"सरकार, यह बन्दे दोहरी-तेहरी कोशिश के बावजूद नहीं मिलते। न जाने लोग किधर चले गये हैं?"

हेड क्लर्क शीराजी ने कबूतर की तरह गर्दन फुलाते हुए कहा—"हुँ—"

रशीद उद्दीन अपनी मेज़ की ओर जा रहे थे लेकिन न जाने उन्हें क्या विचार आया, अचानक पलट पड़े और ख़्वाज़ा साहब से बोले—"ख़्वाजा यार! इनकी कोताहियों को ईरर बुक में नोट कर देना।" ख़्वाजा अपनी कुर्सी से उठा और मियाँ साहब तक पहुँचते

हुए बोला—मियाँ जी झाड़-झपट से काम चल जाता है तो क्या ज़रूरत है दफ़्तर की कार्रवाई की? रिकार्ड ख़राब हो जाएगा बेचारों का।''

हेड क्लर्क ने कड़ी निगाहों से ख़्वाजा को देखते हुए कहा—''ये सब शरारत हो रही है।''

ख़्वाजा ने कहा—''ये बात ग़लत है मियाँ जी।''

ख़्वाजा चला आया। मियाँ जी चले गये लेकिन रहमत नूर और प्रताप सिंह बैठे थे और खोखली सी निगाहों से एक-दूसरे को देख रहे थे। रहमत नूर की पगड़ी फिर कुछ ढीली हो रही थी। बालों की एक लट बाहर निकल आई थी। प्रताप सिंह ने हाथ बढ़ाते हुए कहा—''यार देख तेरे बाल बाहर निकल आये हैं, उन्हें ढाँप ले। पोस्टर मास्टर देख लेगा।''

रहमत ने चुपके से बाल पगड़ी के अन्दर ढाँप लिए और बेज़ारी से बोला—''निकलने दो यार—मंज़ लगिह आशिकाँ ये दोज़ख ये बहिश्त।''

प्रताप सिंह ने एक लम्हा के लिए रहमत नूर की ओर देखा और बोला—''यार तुझे इतनी फ़ारसी आती है तो तू थाने में मोहर्रिर क्यों नहीं हुआ। मुंशीगिरी के अलावा ऊपर से कुछ न कुछ हो ही जाता है। फिर किसी को ठुड्डी मारो, गाली दो, कोई पूछता ही नहीं।''

रहमत नूर ने थोड़ी देर के लिए अपने आपको ठीक किया और एक रूखी फीकी सी मुस्कुराहट लबों पर लाकर बोला—''हाँ भई, डाकखाने में आकर यूँ ही मिट्टी ख़राब करना थी।''

बहुत से डाकिये भी अपने क्षेत्र से वापस न आये थे। बाबू लोग मुँह उठा-उठा कर घड़ियों की ओर देख रहे थे। मनीआर्डर विभाग में कृपा और ख़ैराती दाखिल हुए। फिर इनायत शेख़ आया लेकिन हेड क्लर्क साहब ने कुछ न कहा। एक देर से वापस आता हो तो किसी को कोई कहे भी। फिर वापसी भी ज़्यादा आने लगी। आधी से कम ही चीज़ें तक़सीम होतीं। ज़्यादा वापस कर दी जातीं। डाकिये, बाबू सब मायूस थे।

सारे हफ़्ते भर की डिलीवरी ब्रांचों पर वापस पड़ी रही। रशीद उद्दीन साहब आँखें झपकते हुए इधर-उधर देखते रहे। डाकिये को महसूस होने लगा कि महँगाई एलाउंस कम मिल रहा है। शनिवार के दिन पोस्टमैन यूनियन के द्वारा शोर मचा दिया गया।

सोमवार के दिन डाकियों का आधा सेट रविवार की छुट्टी मनाकर और ताज़ा दम होकर आया। इसी आधे सेट में रहमत नूर और प्रताप सिंह भी शामिल थे। प्रताप सिंह ने रहमत नूर की ओर देखा और रहमत नूर ने प्रताप सिंह की ओर। प्रताप सिंह अपनी जाली को उठा रहा था और रहमत नूर हवा के पंखे का स्विच घुमा रहा था। दोनों एक-दूसरे की ओर देखकर मुस्कुराये। प्रताप सिंह ने अपने आस-पास को भूलते हुए कहा—सूना बे सूअर के जने?"

"अबे जा, माँ के..."

रशीद उद्दीन एक पाये के पीछे खड़े थे। उन्होंने रहमत और प्रताप की 'अलैक-सलैक' सुनी। डबल कान क्यू के पीछे से एक बार उन्होंने रहमत और प्रताप को देखा और ख़ुदा का शुक्र अदा करते हुए ख़ामोश हो गये।

एक औरत

टाउन हॉल के सामने नसीम बाग़ के अन्दर दो-तीन चीज़ें ही मेरे ध्यान का केन्द्र थीं। एक लम्बा साइंबल का पेड़ जो भीगी हुई हरी छाल का एक सुन्दर कोट पहने था और जो हवा में दूर दीहढ़ रामधन के प्राकृतिक ढलाव से एक शराबी की तरह झूमता नज़र आता था। दूसरे खिलंदड़ा मूर्ख सा विद्यार्थी, जो अपनी किताबों को दूर फेंक कर हमेशा एक ही अंग्रेज़ी गाना गाया करता था, जिसका मतलब है—जब सर्दी आती है तो बसंत दूर नहीं रहता। इन दोनों के अलावा बीस-बाईस वर्ष की एक औरत दिखाई दिया करती जो अपने पोलियो पीड़ित बच्चा के राल से भीगे चेहरे को चूमते हुए दीवानी हो जाती। वह साधारणतः एक ही तरह की सफ़ेद वैल की सादा साड़ी पहना करती। और उसके तेवरों के बीच कहीं लिखा होता—परे हट जाओ।

पहले-पहल जब मैंने उसे देखा तो मुझे ऐसा लगा कि वह भूखी है लेकिन इसके तुरत बाद ही उसने कुछ मालटे ख़रीदे और अपने बच्चे के सामने बिखेर दिये। यदि वह भूखी होती तो ज़रूर उन मालटों में से एक-आध मालटा खाकर अपने पेट की आग बुझा लेती। फिर मैंने सोचा कि शायद वह शारीरिक भूख की शिकार है लेकिन यदि मेरा ये विचार सही होता तो उसके माथे पर वह तेवर न होते और वह नब्बे प्रतिशत औरतों की तरह अपने लिए भी कोई

मन भावन रंग का चुनाव करती।

पोलियों से पीड़ित होने के कारण उसका बच्चा बदसूरत था और उसका चेहरा हमेशा राल से भीगा होता था। उसकी माँ बीसों बार रूमाल से उसका मुँह और ठोड़ी साफ़ करती, लेकिन बच्चा एक ज़िद से इधर-उधर सर हिलाने लगता और साफ़ किये जाने के तुरत बाद ही राल के बुलबुले उड़ाने लगता, जो हवा से बिखरते हुए उसकी माँ और उसके अपने चेहरे पर आ गिरते और एक अजीब नफ़रत जैसी कैफ़ियत पैदा हो जाती। उसके बाद वह एक बेअर्थ मूर्खतापूर्ण हँसी हँसने लगता और वह औरत ख़ुशी से रोने लगती।

बाद में मुझे पता चला कि एक काली मोटर जो प्रतिदिन नसीम बाग़ के दरवाज़े पर आ खड़ी होती है और जिसका ड्राइवर बड़ी बदतमीज़ी से हॉर्न को ज़ोर-ज़ोर से बजाता है, उसी औरत को लेने आता है। उस कार में से एक लम्बा-चौड़ा मर्द एक चूड़ीदार पायजामा जिसका नारा मलमल की कजीज़ के नीचे से झाँका करता, पहने आता। उसका मुँह पान की पीक से भरा हुआ होता। ज़्यादा क़रीब होने से उसकी सुर्ख़ आँखों और उसकी साँस की बदबू से उसके शराबी होने का पता चलता। शायद वही आदमी उस बच्चे के पोलियो पीड़ित होने का कारण था। वह उस औरत के क़रीब आकर उसे भूख़ी निगाहों से देखा करता और उसे बाज़ू से पकड़ कर मोटर की ओर ले जाने की कोशिश करता। इन हरकतों से वह उस औरत का पति तो दिखाई देता था परन्तु उस बच्चे का बाप नहीं।

अपने पति के बुलाने पर भी वह औरत अपने ख़ास दीवानेपन से उस बच्चे के साथ खेलती जाती और उसका पति प्रायः एक ठूँठ पर बैठ कर टाँगें फैलाये अपनी पत्नी की मजनूनाना हरकतों को देखता, कुछ समय बाद पत्नी 'दूर-बाश' निगाहों से अपने पति की ओर देखती और बच्चे के छोटे-मोटे कपड़े, माल्टे, सेलोलाइड के खिलौने समेटने लगती। उधर हॉर्न की आवाज़ तेज़ होती जाती। इधर औरत अपने काम में तेज़ी से व्यस्त हो जाती।

मुझे उस औरत से एक किस्म का लगाव हो गया था। एक क़िस्म की दिलचस्पी जिसके आधार पर मैं उसकी हर हरक़त में मानी

तलाश कर लेता था। मैं नहीं कह सकता था कि वह औरत वाक़ई सुन्दर थी या नहीं, लेकिन मेरी कल्पना ने उसे अति सुन्दर बना लिया था। उसका बालों को सँवारने का ढंग मुझे बहुत पसंद था। वह झटके से अपने बिखरे बालों को पीछे की ओर फेंक देती और अपनी उँगलियाँ फैला कर कंघे की तरह उनमें दाख़िल करती हुई अपना हाथ पीछे की ओर ले जाती और मेरे लिए ये तय करना मुश्किल था कि उसकी हरकतें वैचारिक हैं या अवैचारिक।

मुझे उसके पति की तरह उसके बच्चे, उसके राल से भीगे चेहरे से बहुत नफ़रत थी। लेकिन बच्चे की बेचारगी पर रहम बहुत आता जो मेरे दिल में मुहब्बत के जज़्बा को उकसा देता लेकिन इस तरह की मुहब्बत जिसकी तह में हज़ारों नफ़रतें कूट-कूट कर भरी हों, इससे तो मुहब्बत न करना ही अच्छा है।

बहुत दिनों तक मैं किसी ऐसे मौक़े की प्रतीक्षा में रहा जब मैं उस औरत से बात कर सकूँ, जैसा बाज़ारी मुहब्बत में होता है कि किसी लड़की की कोई चीज़ गिर जाती और कोई लड़का उसे उठा कर साफ़ करते हुए कहता है—

"श्रीमती जी—आपका रूमाल!"

फिर वह लड़की मुस्कुराकर शुक्रिया अदा करती और बस मुहब्बत शुरू हो जाती है। मैं बहुत दिनों तक देखता रहा कि उस औरत की कोई चीज़ गिरे और मैं कहूँ।

"श्रीमती जी—आपकी...आपकी...आपकी..."

और फिर मुहब्बत शुरू हो जाए। परन्तु वह औरत बहुत सावधान थी और उसने मुझे कोई ऐसा मौक़ा न दिया। अक्सर वह मुझे आस-पास मँडराते हुए देखती, लेकिन मैं ध्यान न दे सका।

आख़िर उसे एक दिन मालटे ख़रीदने की ज़रूरत पेश आ गई। उस बच्चे के मोजे, रबड़ की गुड़ियाँ और खाने की चंद चीज़ें जिनके आस-पास कौवे मँडरा रहे थे, पड़ी थीं। यदि वह बच्चे और उन चीज़ों को छोड़ कर जाती तो सचमुच कौवे उन चीज़ों को खा जाते और शायद बच्चे की चमकती हुई आँखों को ठोंग भी लेते। बच्चे में पहचानने की शक्ति पैदा हो रही थी और वह मालटों का लाल रंग पसंद करता था।

उस औरत ने कई बार उठना चाहा लेकिन इन सब बातों के कारण वह उठ न सकी। मैंने मौका पाकर उसे कुछ कहना चाहा लेकिन चन्द दिनों से उसे मुख़ातिब करने के लिए जो शब्द मैंने याद कर रखे थे, भूल गये और मैं केवल यही कह सका–

"मैडम!...आप क्या चाहती हैं?"

और उस औरत के तेवर पहले जैसे रहे, मैं जो उसे अपने पति की आँखों में दिखाई देता था, उसने फिर उसी नफ़रत से भरी हुई आवाज़ में कहा–

"जी नहीं, मुझे आपकी मदद की ज़रूरत नहीं।"

–और मेरी मुहब्बत में ताला पड़ा रहा।

उस औरत का पति मवेशियों के अस्पताल में शिक्षक था। कम से कम उसकी शक़्ल और बातों से तो यही पता चलता था। हर समय हैवानों के साथ रहने में उसमें एक ख़ास प्रकार की हैवानियत पैदा हो चुकी थी। उसे अपने पोलियो पीड़ित बच्चे पर कभी प्यार नहीं आता था और जब उसकी पत्नी बच्चे को उसके बाज़ुओं में ढकेलने की कोशिश करती तो वह घबराता हुआ पीछे हट जाता..."हे हे! मेरे कपड़े ख़राब हो जायेंगे–मेरे, मेरे..."

और फिर वह इन्हीं भूखी निगाहों से अपनी पत्नी की ओर देखता हुआ कहता–"चलो मेरी जान! शोफ़र अब बहुत शोर मचा रहा है।"

उस औरत का नाम दम्मो था। पति और पत्नी की गुफ़्तुगू से मुझे उसके नाम का पता चल गया था। दम्मो कितना सुन्दर नाम है। आहिस्ता से पुकारा जाए तो कितना अच्छा लगता है और जब दम्मो नाराज़ हो जाए तो ये नाम लेकर उसे पुचकारने में कितना मज़ा है...या शायद ये सब कुछ मुझे ही महसूस होता था।

एक दिन उसका पति कह रहा था–

"हमारे अस्पताल में यही होता है।"

"तो हुआ करे" दम्मो नफ़रत से बोली। वह इंसान थोड़े ही हैं–"

"वह अच्छे इंसान हैं–" पति नथुने फुलाते हुए बोला–"क्या

तुम्हारा विचार है कि एक घोड़े को लंगड़ा हो जाने पर मारना नहीं चाहिए। क्या ये अच्छा है कि उसका मालिक उससे बराबर काम लेता हुआ उसे प्रतिदिन चाबुकों से ज़ख़्मी करता रहे?"

दम्मो ने वैसी ही नफ़रत से उसकी ओर देखते हुए कहा—"तो क्या उसे खुला नहीं छोड़ सकते।"

दम्मो का पति अपने बेटे की तरह मूर्ख हँसी हँसने लगा और बोला—इस तरह कोई उसे खाने के लिए कुछ न देगा और वह भूखों मर जाएगा। अब यह फैसला तुम्हारे हाथ रहा कि उसके एक बार गोली मार कर तकलीफ़ देना भला है या उसका रोज़-रोज़ का मरना।"

दम्मो निरुत्तर हो गई। उसने राल से भरे अपने बच्चे की ओर देखा और फिर उसे एक गहरे मातृत्व जज़्बे से अपने छाती के साथ भींच लिया और बच्चा खो-खो करता हुआ अंतरिक्ष में हाथ-पाँव हिलाने लगा। दम्मो ने उसे इतना प्यार किया कि उसकी आँखों में आँसू आ गये। मैं इन सब बातों से डॉक्टर के ख़ौफ़नाक इरादों से परिचित हो चुका था। एक डॉक्टर के लिए ये बात कौन सी मुश्किल है। वह दो-तीन दिन तक सब को कहता फिरेगा—बच्चा बीमार है—और फिर एक दिन चुपके से उसे सुला देगा—उस समय बच्चा छियानवें अंदाज़ में खो-खो करने लगेगा और अपने हाथ पाँव मौतो-हयात की कशमकश में इधर-उधर हिलायेगा। उसकी माँ जहाँ कहीं भी बैठी होगी उसे अपने बच्चे की तक़लीफ़ का एहसास हो जाएगा। वह सचमुच अपने वहशी शराबी पति के इस जुर्म को बर्दाश्त न कर सकेगी।

अगले दिन मैं बैंक से वापसी पर रोज़ की तरह संबल के साये में पहुँच गया। वहाँ वही विद्यार्थी अपने ख़ास खिलंदड़े अंदाज़ में दो गेंदों को एक साथ उछाल कर पकड़ने की कोशिश कर रहा था और उसकी किताबें हमेशा की तरह बन्द, पास के पेड़ के साये में पड़ी थीं। दम्मो अपने बच्चे को लिए मौजूद थी और अपने बच्चे के लिए उसके प्यार की हर लपट से स्पष्ट होता था कि पिछले दिन की सभी बातें उसके ज़ेहन में सुरक्षित हैं और वह मुहब्बत की हर करवट के

साथ अपने बच्चे को ज़िन्दा कर लेती है।

उस समय वह बच्चा रेंगता हुआ गाड़ी से कुछ दूर संबल के नीचे आ गया था। और संबल के फीके बेस्वाद फल को दाँतों से पपोल रहा था और उसकी माँ उसे ज़िन्दगी में पहली बार चन्द क़दम रेंगते हुए देख कर .ख़ुश हो रही थी। मैं उस समय सनोवर के साये से निकला और मार्किट से कुछ क़ीमती सुर्ख़ मालटे ख़रीद कर नसीम बाग़ हो लौट आया। वह बच्चा अभी तक सुर्ख़ फल को पपोल रहा था। मैंने मालटे उसकी ओर बढ़ा दिये और बच्चा रेंगता हुआ मेरी ओर आने लगा, आख़िर उसने एक माल्टा हाथ में थाम लिया और मेरे हाथ से दूसरा मालटा लेने के लिए मेरी ओर बढ़ने लगा। दम्मो मेरी ओर घूमी और मुझे उसके चेहरे से उसके जज़्बात का पता चल रहा था। वह सोचती थी, शायद उसका बच्चा जिसको कल ही उसका वहशी पति केवल इस आधार पर मार डालना चाहता था कि वह उनकी मुहब्बत के रास्ते में रुकावट था। किसी आसमानी बरकत के आने से चलने लगे। उसके चेहरे पर आशा का भाव दिखाई देने लगे।

अगले दिन मैंने बाज़ार से चन्द एक रंगदार ग़ुब्बारे ख़रीदे और उन्हें धागे से बाँध कर बच्चे के पास रख दिया और वह नज़दीक आकर उन्हें पकड़ने की कोशिश करने लगा तो मैंने धागा खींचना शुरू कर दिया और ग़ुब्बारे मेरी ओर सरकना शुरू हो गये और बच्चा आहिस्ता-आहिस्ता रेंगता-रेंगता उन ग़ुब्बारों की ओर बढ़ने लगा।

दम्मो ने क़रीब आते हुए कहा–"धागे को ज़रा आहिस्ता-आहिस्ता खींचिये।"

मैंने धागे को आहिस्ता खींचते हुए कहा–"नहीं तो...उसे ज़रा तेज़ चलने का अभ्यास करना चाहिए।"

उसके बाद वह ख़ामोश हो गई और अपनी पुरानी जगह जहाँ कि वह हर रोज़ बैठा करती थी, वापस चली गई। फिर आई और फिर चली गई। लेकिन यूँ मालूम होता था जैसे वह वहाँ बैठ नहीं सकती। कुछ देर बाद बच्चे का राल से भीगा फ्राक बदलने के लिए वह फिर चली आई और मैंने कहा–

"मैडम! कौन जाने इसका पोलियो भी अच्छा हो जाए।"

दम्मो का चेहरा चमक उठा।

कई रोज़ ऐसा ही होता रहा। मैं हर रोज़ बैंक से लौटते हुए उस बच्चे के लिए कुछ न कुछ ले जाता। आख़िर एक दिन मैंने बहुत देर तक बच्चे को गोद में उठाए रखा। मैंने अपनी जेब से रूमाल निकाला और उसका राल से भरा हुआ मुँह पूछा। उसके बाद मैंने बच्चे का मुँह चूम लिया।

दम्मो का चेहरा हया (लज्जा) से सुर्ख़ (लाल) हो गया। थोड़े से गोमगो के बाद वह मेरे पास आ गई और मुस्कुराने लगी।

उस समय संबल का पेड़ तेज़ हवा के कारण ज़ोर-ज़ोर से हिल रहा था और वह खिलंदड़ा विद्यार्थी ठण्डी हवा के झोंकों से प्रभावित होकर वही गीत गुनगुनाने लगा–

''जब सरदी आती है तो बहार दूर नहीं रह जाती।''

उस समय पोलियो पीड़ित बच्चा मेरी गोद से उतर कर हमारे पाँव में रेंगने लगा और हम दोनों जानते थे कि उसका पोलियो ठीक नहीं हो सकता।

कोख जली

घमण्डी ने ज़ोर-ज़ोर से दरवाज़ा खटखटाया।

घमण्डी की माँ उस समय बेटे की प्रतीक्षा में बैठी थी। वह ये बात अच्छी तरह जानती थी कि पहले पहर की नींद के चूक जाने से अब उसे सर्दियों की पहाड़ ऐसी रात जाग कर काटना पड़ेगी। छत के नीचे अनगिनत सरकण्डे गिनने के अलावा टिड्डियों की उदास और परेशान करने वाली आवाज़ों को सुनना होगा—दरवाज़े पर ज़ोर-ज़ोर की दस्तक के बावजूद वह कुछ देर खाट पर बैठी रही। इसलिए नहीं कि वह सर्दी में घमण्डी को बाहर खड़ा करके उसके घर में देर से आने की आदत के विरोध में आवाज़ उठाना चाहती थी, बल्कि इसलिए कि घमण्डी अब आ ही तो गया है।

यूँ भी बूढ़ी होने के कारण उस पर एक प्रकार का रोचक आलकस, एक मीठी सी बेहसी छाई रहती थी। वह सोने और जागने के बीच लटकी रहती। कुछ समय बाद माँ ख़ामोशी से उठी फिर से औंधी लेट कर उसने अपने पाँव चारपाई से दूसरी ओर लटकाए और घसीट कर खड़ी हो गई। बत्ती के क़रीब पहुँच कर उसने बत्ती को ऊँचा किया। फिर वापस आकर खाट के सांखे में छुपाई हुई हलास की डिबिया निकाली और इत्मीनान से दो चुटकियाँ अपने नथुनों में रख कर दो गहरे साँस लिए और दरवाज़े की ओर बढ़ने लगी। लेकिन

तीसरी दस्तक पर यूँ मालूम हुआ जैसे किवाड़ टूट कर ज़मीन पर आ रहेंगे।

"अरे थम जा। उजड़ गये।" माँ ने नाराज़ होकर कहा—"मुझे इंतज़ार दिखाता है और आप एक क्षण भी तो नहीं ठहर सकता।"

किवाड़ के बाहर घमण्डी के कानों पर लिपटे हुए मफ़लर को चीरते हुए माँ के ये शब्द घमण्डी के कानों में पहुँचे—"उजड़ गये..." माँ की ये गाली घमण्डी को बहुत पसन्द थी। माँ अपने बेटे के ब्याह का ज़िक्र करती और बेटा स्पष्ट रूप से बेपरवाही का इज़हार करता। जब भी वह यही गाली देती थी। एक क्षण में घर को बसा देने और उजाड़ देने का माँ को ख़ास अभ्यास था।

इस तरह उतावले होने का घमण्डी को स्वयं भी अफ़सोस हुआ। उसने मफ़लर से अपने कान अच्छी तरह ढाँक लिए और जेब से चुराये हुए मैक्रोपोलो का टुकड़ा जला कर खड़ा हो गया। शायद 'आग' से क़रीब होने का एहसास उसे बेपनाह सर्दी से बचा ले। फिर वह मैक्रोपोलो को हवा में घुमा कर कुण्डल बनाने लगा। यह घमण्डी का शौक़ था जिससे उसकी माँ उसे अवगुण बताया करती थी। लेकिन उस समय कुण्डल से न केवल उसे तसल्ली होती थी, बल्कि माँ के उन प्यारे शब्दों के विरोध में एक छोटी सी ग़ैर-महसूस बग़ावत भी।

सिगरेट का आवारा जुगनू हवा में घूमता रहा। घमण्डी अब एक और दस्तक देना चाहता था लेकिन उसे स्वयं ही अपनी मूर्खता पर हँसी आ गई। वह लोग भी कितने मूर्ख होते हैं। उसने कहा, जो हर उचित और अनुचित स्थान पर अपना समय नष्ट करते रहते हैं लेकिन जब उन्हें किसी जगह पहुँचना होता है तो समय की सारी कसर साइकिल के तेज़ चलाने, या भाग-भाग कर जान हलकान करने में लगा देते हैं—और ये सोचते हुए घमण्डी ने सिगरेट का एक कश लगाया और दरवाज़े के एक ओर नाली के पास दुबक गया।

धोबियों की कटरी में उगा हुआ गोंदनी का पेड़ पछुआ के सामने झुक गया था। झुकाव की ओर, टहनियों में चाँद की हलकी सी फाँक उलझी हुई दिखाई दे रही थी। माँ ने ज़रूर आज गले में

दुपट्टा डाल कर दुपट्टे की फूएँ एकम के चाँद की ओर फेंकी होंगी। उसके बाद एका-एकी साँय-साँय की भयानक सी आवाज़ उभरी। हवा, चाँद की फांक और गोंदनी का पेड़ मिलजुल कर उसे डराने वाले ही थे कि माँ ने दरवाज़ा खोल दिया...

"माँ..." घमण्डी ने कहा और स्वयं दरवाज़े से एक क़दम पीछे हट गया। उस से एक क्षण पहले वह अपने दाँतों को भींच रहा था।

"आ जा–" माँ ने कुछ रुखाई से कहा। और फिर बोली–आ जा भी, अब डरता क्यों है। तेरा क्या विचार है, मुझे पता नहीं चलेगा?"

घमण्डी को एक विचार आया कि माँ के मुँह में एक भी दाँत नहीं है लेकिन उसने अपने आपको सँभालते हुए कहा–"किस बात का पता नहीं चलेगा?"

"हूँ–" माँ ने दीये की रौशनी में सर हिलाते और चिढ़ाते हुए कहा–"किस का पता नहीं चलेगा..."

घमण्डी को पता चल गया कि माँ से किसी बात को छिपाना व्यर्थ है। माँ–जो चौबीस साल एक शराबी की बीवी रही है...घमण्डी का बाप जब भी दरवाज़े पर दस्तक दिया करता, माँ तुरत जान लेती कि आज उसके मर्द ने पी रखी है। बल्कि दस्तक से उसे पीने की मात्रा का भी अंदाज़ा हो जाता था। फिर घमण्डी का बाप भी उसी तरह दुबके हुए...और यही कोशिश करता कि चुपके से सो जाए और उसकी औरत को पता न चले...लेकिन...लेकिन...शराब से सम्बंधित घमण्डी के माँ-बाप में एक अनलिखा और अनकहा समझौता था। दोनों एक-दूसरे को आँखों ही आँखों में समझ जाते थे। पीने के बाद घमण्डी का बाप एक भी गलत शब्द मुँह से न निकालता और उसकी माँ अपने मर्द को पीने के सम्बंधित कुछ भी न जतायी। वह चुपके से खाना निकालकर उसके सिरहाने रख देती और सोने से पहले नियम के विरुद्ध पानी का एक बड़ा कटोरा चारपाई के नीचे रख कर ढाँप देती. ..सुबह होते ही अपने पल्लू से एक-आध सिक्का खोल कर घमण्डी की ओर फेंक देती और कहती–

"ले, अधबलूया ले आ–!"

और घमण्डी अपने बाप के लिए शकर डलवा कर अधबलूया वहीं ले आता जिसे पी कर वह खुश होता, रोता, तौबा करता और फिर "हाथ से जन्नत न गई" को झुठलाता...घमण्डी ने माँ के मुँह से ये बात सुनी और शर्म की हँसी हँस कर बोला—

"माँ...माँ! तू कितनी अच्छी है..." फिर घमण्डी को एक चक्कर आया। शराब पछुआ के झोंकों से और भी प्रभावित हो गई थी। सिगरेट का जुगनू जो अपनी फासफोरस खो चुका था, दूर फेंक दिया गया, और माँ का दामन पकड़ते हुए घमण्डी बोला—"और लोगों की माँ उनकी पत्नी होती है लेकिन तू मेरी माँ ही माँ है।"

और दोनों मिलकर इस मूर्खतापूर्ण बोली पर हँसने लगे। वास्तव में इस छोकरे के ज़ेहन में पत्नी का नक़शा भिन्न था। घमण्डी समझता था पत्नी वह महिला होती है जो शराब पीकर घर आये हुए पति की जूतों से आवभगत करती है। कम से कम रोलिंग मिल्ज़ की पत्नी अपने शराबी पति से ऐसा ही सलूक किया करती थी। और इस क़िस्म के जूती-मेज़ार के क़िस्से आये दिन सुनने में आते थे। फिर कोई माँ भी अपने बेटे को ऐसी हरकत करते देखकर अच्छा सलूक नहीं करती थी। इसके ख़िलाफ़ उनके घमण्डी की माँ, माँ थी। एक लम्बे-चौड़े दिल के समानार्थक जिसके दिल की 'पिन्हाइयों' में सब पाप छुप जाते थे...और यदि घमण्डी के उस स्पष्ट मूर्खतापूर्ण बोल की अन्दरूनी सेहत को मान लिया जाए तो उसकी परस्पर विरोधी शक्ल में घमण्डी की माँ अपने पति की भी माँ थी।

बिस्तर पर धम्म से बैठे हुए घमण्डी ने अपने रबड़ के जूते उतारे। ये जूते सर्दियों में और गर्मियों में अंगारा हो जाते थे। लेकिन जूतों को पहने हुए कौन कह सकता था कि घमण्डी नंगे पाँव घूम रहा है...घमण्डी ने हमेशा की तरह जूते उतार कर गर्म करने के लिए चूल्हे पर रख दिये। माँ फिर चिल्लाई—

"हे, मरे तेरी माँ भगवान करे से...है—गोर भोग ले तू को—"

लेकिन हिन्दू धर्म भ्रष्ट होता रहता। माँ जूते उतार कर दूर कोने में फेंक देती। फिर बकती-झकती अपने दामन में एक चवन्नी बाँध घमण्डी के सिरहाने पानी का एक बड़ा सा कटोरा रख, बदबूदार

बिस्तर की आंतों में जा दुबकती।

हद हो गई—माँ ने दो-तीन बार सोचा। घमण्डी ने बनवारी और रशीद की संगत छोड़ दी है। उसने घमण्डी को शराब पीने से मना भी नहीं किया और न अपने संगी-साथी के साथ घूमने से—माँ ने सोचा शायद नर्मी के बरताव का प्रभाव है। लेकिन वह डर गई और जल्दी-जल्दी हलास की चुटकियां अपने नथुनों में रखने लगी। अपने आपको मारने का उसके पास एक ही साधन था। हलास से अपने फेफड़ों को छलनी कर देना...लेकिन अब हलास का कोई भी असर नहीं होता था...इसी नरमी से माँ ने अपने पति का मुँह भी बन्द कर दिया था। उसके व्यक्तित्व को कुचल दिया था और वो बेचारा कभी अपनी औरत की तरफ़ आँख भी नहीं उठा सकता था। इसी तरह घमण्डी भी अपनी माँ के साथ बातचीत करने से घबराता था। माँ ने इस बात को महसूस किया और फिर वही—तेरी माँ मेरे भगवान करे से। लेकिन इस बात का उसे कोई हल न सूझ सका।

आज फिर छह बजे शाम घमण्डी कारखाने से लौट आया। हालाँकि वह नथुआ चौकीदार की आवाज़ के साथ मुहल्ले में प्रवेश करता। इससे पहले कि वह कोई पुरानी तस्वीर देखने चला जाता। वादिया की मस नादिया के गीत गाना और एक दो साल से उसके रहस्यमय तरीक़े से ग़ायब हो जाने से सम्बंधित सोचता...आज फिर इतनी जल्दी लौट आने से माँ के दिल में अंदेशे पैदा हुए ...उसने बेकार एक काम पैदा करते हुए कहा—

"ले तो बेटा...ज़ीरा ले आ थोड़ा...?"

"ज़ीरा?" घमण्डी ने पूछा—"दही के लिए माँ?"

"और 'तो' का तुम्हारे सर पर डालूँगी।" माँ ने लाड़ से कहा और ज़रूरत से ज़्यादा पैसे देते हुई बोली—"लो ये पैसे थिएटर देखना।"

"मैं सिनेमा नहीं जाऊँगा माँ।" घमण्डी ने सिर हिलाते हुए कहा—"यही सैर तमाशा तो हम लोगों को ख़राब करता है।"

माँ हैरान होकर अपने बेटे का मुँह तकने लगी। "अभी ठीक से हाथ-पाँव भी नहीं खुले। इतनी अक़्ल की बातें करने से नजर लग

जाएगी रे...'' और दरअसल वह अपने बेटे को एक शराबी देखना चाहती थी। नहीं शराबी नहीं, शराबी से कुछ कम जिससे तबाह हाल न हो जाए कोई। लेकिन ये भलमनसियत भी माँ को रास न आती थी। उसने कई अक़्लमन्द बच्चे देखे थे जो अपनी उम्र के हिसाब से ज़्यादा अक़्लमंदी की बातें करते थे और उन्हें ईश्वर ने अपने पास बुला लिया था।

घमण्डी ज़ीरा लाने के लिए उठ खड़ा हुआ। पैसे लेकर दरवाज़े तक पहुँचा। शक की निगाहों से उसने दरवाज़े के बाहर झाँका। एक क़दम बाहर रखा फिर पीछे की ओर खींच लिया। और बोला—''बाहर चाची खड़ी है और मुंशी भी है।''

''तो फिर का?'' माँ ने त्योरियों का त्रिशूल बनाते हुए कहा।

''फिर कुछ है।'' घमण्डी बोला—''मैं उनके सामने बाहर नहीं जाऊँगा।''

माँ ने समझाते हुए कहा—''तूने मुंशी का कण्ठा उतार लिया है, जो बाहर नहीं जाता?''

लेकिन घमण्डी बाहर नहीं गया। माँ मुँह में दुपट्टा डाल कर खड़ी हो गई। माँ मुँह में दोपट्टा उस समय डाला करती थी जब कि वह बहुत परेशान या हैरान होती थी। और अपने कलेजे में मुक्का उस समय मारा करती थी जबकि वह बहुत दुखी होती...इससे पहले तो घमण्डी कभी शरमाया नहीं था। वह तो मोहल्ले की लौंडियों में डंड पेला करता था। औरतों के कूल्हों पर से बच्चे छीन लेता और उन्हें खिलाता फिरता। और इसी बीच औरतें घर का धंधा कर लेतीं और घमण्डी को आशीर्वाद देतीं...और आज वह मुंशी और चाची से झेंपने लगा था।

घमण्डी ने वापस आते हुए अपने बाप के ज़माने का ख़रीदा हुआ एक फटा-पुराना मोमजामा नीचे बिछाया, और एक टूटा हुआ शीशा और रान सामने रख कर टाँगें फैला दीं। टाँगों पर चन्द सख़्त से फोड़ों पर उसने राल लगाई और फिर शीशे की मदद से मुँह पर रिसने वाले फोड़े से पानी पोंछने लगा और फिर उस पर भी मरहम लगा दी। माँ ने अपनी धुँधली आँखों से मुँह वाले फोड़े का निरीक्षण

करते हुए कहा—"हाय, कितना खून खराब हो गया है तुम्हारा"—और फिर करंजुआ और नीम के नुस्ख़े गिनाने लगी।

उस समय तक बहुत रात हो गई थी। राल लगाने के बाद घमण्डी मोमजामे पर ही लेट गया और लेटते ही उसने आँखें बन्द कर लीं। आज माँ को भी जल्दी सो जाने का मौक़ा था। लेकिन वह ऊँचे मूंढे पर ज्यों की ज्यों बैठी रही। वह जानती थी कि बिस्तर में जा दुबकने पर वह लगभग अच्छी रहेगी। लेकिन एक रुचिकर सुस्ती ने उसे मूंढे के साथ जकड़े रखा और वहीं सिकुड़ती गई। उसका बुढ़ापा उस मीठी नींद की तरह था जिसमें पड़े हुए आदमी को सर्दी लगती हो और वह अपनी टाँगें समेट कर कलेजे से लगाता चला जाए... लेकिन पाँव में पड़े हुए लिहाफ़ को उठाने के लिए हिल न सके।

एकाएकी माँ चौंकी। उसे अपने बेटे की ख़ामोशी का पता चल गया था। इस अर्द्धनिद्रा में बड़े-बड़े राज़ खुल जाते हैं। माँ ने कलेजे में मारने के लिए मुक्का हवा में उठाया लेकिन वह वहीं का वहीं रुक गया और वह फिर एक हसीन बेहोशी में खो गई। लेकिन उसे घमण्डी और उसका साथी बाप याद आता रहा और उसकी सूखी आँखों में दास्तानें छलकने लगीं। हवा के एक झोंके से दरवाज़े के पट खुल गये और एक सर्द बगूले के साथ बाहर से गोंदी और बिल के पत्ते, गली में बिखरे हुए काग़ज़ों के साथ उड़ कर अन्दर चले आये। एक सूखा हुआ बिल कहीं से लुढ़कता हुआ दहलीज़ में अटक गया। घमण्डी ने उठकर दरवाज़ा बन्द करना चाहा लेकिन बिल को निकाले बिना सफलता न मिली।

गोंदनी के शोर और झींगुरों की आवाज़ ने माँ के ख़ून को और जमा दिया। शमादान में दीये का शोला और तेज़ हो रहा था। घमण्डी ने कहा—"बिस्तर पर लेटेगी माँ?" लेकिन माँ ने 'न' में सर हिला दिया। घमण्डी ने सर हिलाकर माँ को अपने बाज़ुओं में उठा लिया और ज्यों का त्यों खाट पर रख कर ऊपर लिहाफ़ दे दिया। माँ को ख़ुद पता नहीं था कि अगर वह वहीं पड़ी रहती तो सुबह तक सर्दी से अकड़ जाती। फिर वह कभी सीधी न होती और वहीं ख़त्म हो जाती।

माँ को बाज़ुओं में उठाये हुए शायद घमण्डी ने कुछ भी महसूस नहीं किया लेकिन माँ ने बड़ा आनन्द उठाया और उसके बाद लिहाफ़ की गर्मी और नर्मी ने उसको ढेर सारे आनन्द में बदल दिया। कभी माँ ने बेटे को गोद में उठाया था। माँ ने सोचा और फिर हलास की एक चुटकी नथुने में रख कर उसने ज़ोर से साँस ली। वह आनन्द के उस स्तर पर आ चुकी थी जहाँ मर कर इंसान उस .ख़ुशी को लगातार महसूस करना चाहता है। आज उसके बेटे ने गोदी में उठाया था और उसे बिस्तर की क़ब्र में रख दिया था। वह बिस्तर जो क़ब्र न हो सका—दुनिया में कोई औरत माँ के सिवा नहीं। यदि पत्नी भी कभी माँ होती है तो बेटी भी माँ...तो दुनिया में माँ और बेटे के सिवा और कुछ नहीं। औरत माँ है और मर्द बेटा...माँ खिलाती है और बेटा खाता है...माँ उत्पत्तिकर्ता है और बेटा उत्पत्ति...उस समय वहाँ माँ थी और बेटा...माँ, बेटा...और दुनिया में कुछ न था।

माँ अब भी सपना और अर्द्धनिद्रा के बीच लटकी थी वह कुछ सोच रही थी लेकिन उसके विचारों की शकलें नियम के विरुद्ध होकर सपने के एक अँधेरे जोहड़ में डूब रही थीं। उसके गाँव के चंद मकान उसकी गली में आये थे लेकिन किसी रहस्यमय ढंग से इन मकानों के पीछे भी वही धोबियों का मोहल्ला बसा था। वहाँ भी वही बिल और गोंदी के पेड़—साँय-साँय कर रहे थे—अमावस की रात काजल हो रही थी और बेटे का चाँद उन अँधेरों को तोड़ रहा था। उसका शहर जिसे वह मरा हुआ कल्पना करती थी, ज़िन्दा था और उससे सुबह के समय 'अध-बलुए' की कटोरी माँग रहा था। उसे प्यास लगी थी। एक न पी हुई शराब के नशे से उसे बुरी तरह 'शारीरिक थकान महसूस हो रही थी, लेकिन उसका पति तो मर चुका था। मरे हुए आदमी को कोई चीज़ देना घर में किसी और जीव को ईश्वर के घर भेज देने के पर्याय है लेकिन वह इनकार न कर सकी। वह पत्नी थी और माँ। उसने अपने पति के मुँह के साथ लगा हुआ कटोरा छीन लिया। लेकिन क्यों? उसका पति मरा थोड़े ही था। वह सामने खड़ा था। वही कटा हुआ सा होठ जिसमें सोने के कील वाला दाँत दिखाई दे रहा था। बड़ी-बड़ी मूँछें भी इस दाँत को ढाँपने में असमर्थ थीं।

दरवाज़े पर दस्तक सुनाई दी और माँ को महसूस हुआ, जैसे किसी ने उसे झँझोड़ दिया हो। उस समय उसकी आँखों से एक ग़िलाफ़ सा उतरा लेकिन उस पर एक और ग़िलाफ़ था जो उसके सारे बदन को घेरे हुए था वह पड़ी रही...पड़ी रही...उसके पाँव जो कुछ देर पहले ठंडा और लकड़ी की तरह कठोर थे, जो कुछ गर्म हो गये थे, शायद घमण्डी ने हमेशा की तरह रगड़-रगड़ कर उसके पाँव गर्म किये थे। माँ अपनी कल्पना में हँसी...घमण्डी भी उसे मरता देखना नहीं चाहता था। पत्नी आ जाए तो कुछ पता नहीं...लेकिन अब उस घुन लगे शरीर का क्या है?...हलास किधर गई...माँ सो गई लेकिन दरवाज़े पर दस्तक की आवाज़ बराबर सुनाई दे रही थी। बनवारी और रशीद भी फिर घमण्डी को बुलाने आये थे। माँ को एक बार तसल्ली हुई घमण्डी फिर ठीक हो जाएगा फिर सैकड़ों बार उतावलापन। उनकी संगत फिर घमण्डी को बिगाड़ देगी उस समय बुढ़िया को जाग आई—जागते ही पहली बात जो माँ के ज़ेहन में आई वह इस बात की .खुशी थी कि उसने घमण्डी के बाप को अधबलुए का कटोरा मुँह से लगाने नहीं दिया। यद्यपि वह कितना प्यासा था और उसका अंग-अंग टूट रहा था और बड़ी विनय भरी आँखों से उसकी ओर देख रहा था। वह एक घूँट भी पी चुका था लेकिन माँ ने समझना चाहा कि उसने कुछ नहीं पिया और वह समझ गई। उसने दरवाज़े में खड़े अपने बेटे की ओर देखा और धीमी आवाज़ में कहा—"मैं सदक़े लाल।" कि वह स्वयं भी अपनी आवाज़ को न सुन सकी। उसी तरह उसने एक अनसुना बोसा हवा की लहरों में छोड़ दिया।

अपनी माँ को सोता देख कर घमण्डी बाहर आ गया और बोला—"मैं सिनेमा के अलावा और कहीं नहीं जाऊँगा। यार कहे देता हूँ।"

"निकल बाहर साले।" रशीद ने गाली बकते हुए कहा—"निकलता है या..."

माँ के कानों में टिड्डियों और झींगुरों की आवाज़ बाहर से बराबर आ रही थी। यद्यपि वह क़रीब-क़रीब सोई हुई थी, घमण्डी ने बाहर से दरवाज़ा बन्द किया और चला गया।

किसी विचार के आने से माँ उठ कर बैठ गई। उसे फिर अपना पति याद आया—और बेटा जो शक्ल और स्वभाव के विचार से अपना बाप हो रहा था लेकिन कमसिनी और सयानेपन के दर्मियान था, कुछ ही दिनों में बड़ा हो जाएगा। फिर उसे लुगाई की ज़रूरत होगी। माँ ने दिल में कहा—मुझे पता है अब घमण्डी बाहर क्यों नहीं जाता?

माँ जानती थी घमण्डी अपने बाप से ज़्यादा हस्सास हुआ है जब वह पीकर आये तो उसे जता देना और फिर अगली सुबह पल्लू से चवन्नी खोल कर देना भी तो एक चपत है—चपत—ख़ामोश चपत—शराब पीकर आये हुए पति—बेटे से जूतीम पैज़ार करना चिवन्नी खोल कर देना या सिरहाने के क़रीब पानी का कटोरा रख देना एक ही प्रकार का अभद्र व्यवहार तो है। बल्कि ये बात जूतीम पैज़ार से कहीं ज़्यादा दिल दुखाने वाली है। इसीलिए घमण्डी के बाप ने उसके सामने कभी आँख नहीं उठाई...बाप में व्यक्तित्व को कुचल देने की वही तो ज़िम्मेदार थी और अब बेटे को मार रही है...माँ ने दिल में तय किया कि अब वह कभी अपने पल्लू में दही के लिए चवन्नी नहीं बाँधेगी और न सुराही सिरहाने के करीब रखेगी और वह स्वयं कुढ़ेगी लेकिन बेटे को कुछ नहीं कहेगी...उसे यह पता नहीं लगेगा कि मेरी माँ सब कुछ जान गई है...घमण्डी के बाप का भी ख़याल था कि अगर घमण्डी की माँ विरोध करती तो उस समय ज़रूर बुरा मालूम होता लेकिन आख़िर में कितनी सुविधा रहती। पहले तो उस आदत से छुटकारा पा जाती। और यदि ये 'लत' रहती भी तो उसी तरह शर्मिन्दगी का मुँह देखना पड़ता। अब जबकि वह ख़ामोशी से पानी का कटोरा सरहाने रख देती है और जल्दी-जल्दी हलास नथुनों में डालती है तो सारा नशा जाता रहता है...शायद घमण्डी उस 'ताज़ियाने' की चोट न सहन कर सका था और उसने शराब पीना और देर से घर आना बन्द कर दिया था—ख़ैर, आज से घमण्डी पीकर आएगा तो वह कुछ नहीं समझेगी—कुछ नहीं कहेगी।

रात के ग्यारह बजे हवा के झोंकों और गोंदनी के पत्तों के साथ घमण्डी ने प्रवेश किया। आज हवा घमण्डी से ज़्यादा शोर मचा रही थी—माँ अभी भी छत की कड़ियाँ गिन रही थी और भगा रही थी।

घमण्डी ने आते ही दोनों हाथों में फूँक मारी। हाथों को रगड़ा और माँ के पाँव थामते हुए बोला।

"माँ—"

और माँ को जागते हुए पाकर बोला :

"अरे!—तू सो क्यों न गई माँ?"

माँ ने संक्षिप्त सा उत्तर दिया।

"अब इन दीदों में नींद कहाँ रे घमण्डी!"

लेकिन उससे आगे वह कुछ और न कह सकी। घमण्डी बिल्कुल होश में बातें कर रहा था। आज उसने एक बूँद भी तो नहीं पी थी। अब जो माँ ने कुछ न समझने का संकल्प किया था उसका क्या हुआ?—माँ सचमुच ही कुछ न समझ सकी—वह कुछ भी न जान सकी।

पतझड़ जो होनी थी सो हो चुकी थी। इस बार पूर्वा के आख़िरी झोंके और तो कुछ न लाए एक मेहमान लेते आये। माँ ने घमण्डी को बुलाते हुआ कहा—

"बेटा! ले ये चिपनी बदल या—"

मोहल्ले में चिपनी बदलने की रस्म ख़ूब चलती थी। माँ पकी हुई सब्ज़ी चाची के यहाँ भेज देती और वहाँ से खाली बरतन में पकी हुई तरकारी आ जाती। इस बदलाव में बड़ी बचत थी। दूसरी सब्ज़ी बनाने की तक़लीफ़ नहीं उठाना पड़ती थी और खाने में वह बात पैदा हो जाती थी। और चाची से चिपनी चलती भी ख़ूब थी लेकिन घमण्डी ने यूँ ही खड़े सिर हिलाते हुए कह दिया।

"मैं अब बड़ा हो गया हूँ माँ—मैं कहीं नहीं जाने का।"

"लो एक नई मुसीबत।" माँ ने कहा और .खुश होते हुए बोली—"तू बड़ा हो गया है तो का?"

उस समय मेहमान कहीं बाहर गया हुआ था। घमण्डी ने मोमजामा झिलंगे के पास बिछा रखा था और उस पर वही राल लगा रहा था। कभी फोड़ों को कभी आराम मिलता कभी नहीं। माँ ने दामन की हवा करते हुए रिसते हुए फोड़ों पर से मक्खियाँ उड़ाईं और बोली—"तेरा तो खून बिल्कुल खराब हो गया है।"

और वास्तव में घमण्डी का .ख़ून ख़राब हो गया था। उसके बाप-दादा ने उसे पवित्र .ख़ून दिया था लेकिन बेटे ने ख़ून में तेज़ाब डाल दिया और .ख़ून फट गया। जिस्म भी साथ फटने लगा। कुछ अपराधी दृष्टि से घमण्डी ने अपनी माँ की ओर देखा और बोला, "माँ मुझे गर्मी हो गई।"

माँ के सारे तेवर प्रश्न के रूप में उठ गये। और उसने केवल इतना कहा—"काओ?"

घमण्डी ने झिलंगे की लटकती हुई रस्सियों को थामते हुए कहा—"ये रशीद की करतूत है।" और रोते हुए बोला—"इसमें मेरा कोई दोष नहीं माँ!"

माँ ने एक बार फिर कहा—"काओ?" और घमण्डी की गर्मी तेज़ हो गई उसने माँ को एक गाली देना चाहा लेकिन वह रुक गया। घमण्डी अब स्वयं भी चाहता था कि माँ को उसकी तकलीफ़ का पता चल जाए। बेटे को रोते देखकर माँ ठिठककर रह गई। रोग तो जी के साथ लगा हुआ लेकिन इतना ख़ून ख़राब कभी किसी का नहीं हुआ...और उसने सोते में अपने स्वर्गीय पति को अधबलूया पिला दिया था।

मजबूर होकर घमण्डी फिर गुमराह जवानी की दास्तान रोने लगा। आज से पचास साल पहले उस जवानी को ज़िन्दगी के पेड़ पर इतना पकने नहीं दिया जाता था कि वह सड़ कर अपने आप नीचे गिर पड़े और फिर दुनिया-जहान को बदबूदार कर दे। माँ, जिसकी शादी दस साल की उम्र में हो गई थी, इस बात को नहीं जानती थी। जिस तरह बदन की शिक्षा से अनजान लोगों के लिए पीठ का हर हिस्सा कमर होता है, इसी तरह इस अंजान, नासमझ और नादान माँ के लिए ये ख़ून की ख़राबी, गर्मी या कोढ़ से परे कुछ नहीं थी और ये सब कुछ करंजबा, नीम और इसबगोल के 'जादू' के आगे नहीं ठहर सकता था।

अब माँ 'काओ' नहीं कहना चाहती थी। यद्यपि उसे किसी बात की समझ नहीं आई थी। वह जानती थी जब से घमण्डी का ख़ून ख़राब हुआ है वह बहुत बदला-बदला सा हो गया है। घर में चीज़ें

फोड़ने लगता है। और जो बहुत कुछ कहो तो अपना सर फ़र्श पर दे मारता है।

माँ स्वयं ही चिपनी लेने चली गई। घमण्डी की चाची ने अपने यहाँ पकी हुई तरकारी तो दे दी लेकिन उनके यहाँ की पकी हुई चीज़ बदले में नहीं ली। माँ का माथा ठनका, दस साल से वह रँडापा अकेली काट रही थी। उसने किसी के सामने सर नहीं झुकाया था। आज जब कि वह कुल के सभी रहस्य से परिचित हो चुकी थी, भला क्यों झुक जाती? माँ अपनी देवरानी के साथ जी खोल कर लड़ी, देवरानी ने भी धत्ता बताया और कहा—देखा है हमने इतनी बड़ी नाक लिए फिरती है तो बेटे को सँभाला होता, जो बाज़ार में झक मारता फिरता है।

माँ ठीक कहती थी कि 'चिपनी बदलने' से घमण्डी का सम्बन्ध? तू जो इस्तेमाल करना नहीं चाहती तो यूँ कह दे। लेकिन वास्तव में माँ को कोई बात समझ में नहीं आती थी। खून ख़राब घमण्डी का हुआ है और वह गालियाँ रशीद और बनवारी को देता है। देवरानी बरतना मुझे नहीं चाहती और 'सलवातें' घमण्डी को सुनाती है।

लेकिन मोहल्ले की दूसरी औरतें माँ को प्रणाम करती थीं, माँ अत्यधिक परेशान हो रही थी। आख़िर मुंशी जी से लड़ाई हुई। उसने डाँटा कि यदि घमण्डी ने हमारे मकान के इर्द-गिर्द कहीं पेशाब किया तो उससे बुरा कोई न होगा।

आख़िर मेहमान के समझाने से माँ को पता चल गया। उसने न केवल अपना सिर पीटा बल्कि एक दोहत्थड़ बेटे को भी जमा दिया। हाय तूने बाप दादे का नाम डुबो दिया है रे। पड़ोसन के साथ फिर लड़ाई हुई और माँ ने खरी-खरी सुना दीं। "हरामख़ोर तुझे वह दिन याद है जब तेरी बहन हराम करवा के निकली थी। बाबा के घर...न अंधा देखा था और न काना करने की थी...और वहाँ जाकर घड़ा फोड़ दिया था जाने किस-किस का ग़रीब ईसर के सर पे!... और घर आकर माँ घमण्डी को कोसने देती। घमण्डी जब सब हकीमों से मायूस होता तो माँ की गोद में आराम पाता था...लेकिन माँ उसे गालियाँ देती थी "गोर भोग ले तो को।" अब दुनिया घमण्डी की

आँखों में 'आबला' थी। एक बड़ा आबला जो उत्तर से दक्षिण और पूर्व से पश्चिम तक फैला हुआ था और जिसमें पीप के दरिया रिस रहे थे।

रात हो गई। माँ झिलंगे में पड़ी अभी तक ठुनक रही थी? ये बीमारी कहाँ से मोल ले ली रे मेरे दुश्मन! सारा जिस्म फोड़े-फोड़े हो चुका है। ये बीमारी आग है। केवल आग। ये अमीरों की दौलत है। मैं ग़रीब औरत इस आग को कैसे बुझाऊँ?...मैं वैद्यों को क्या बताऊँ? मैं तुम्हारी माँ हूँ रे घमण्डी! शरीक मुझे 'ताना' देते हैं। पड़ोसी मुझे खड़ा कर लेते हैं और अजीब बेढंगे सवाल करते हैं रे।''

घमण्डी पास पड़ा हर क़िस्म की शर्मो-हया से अलग एक-टक छत की तरफ़ देख रहा था। छत में लगे हुए नरकुल उसकी आँखों में उतर आये थे और झिंगुर उसके दिमाग़ में बोलने लगे थे। अब तक हवा के झोंकों में कड़वाहट पैदा होकर उसके जिस्म के इंधन में और शोले पैदा कर रही थी। किवाड़ भी खुले हुए थे। विषाक्त गोंदी के झोंकों में कराह रही थी और आसमान पर बदनुमा दाग़ों वाला जलता हुआ चाँद अपनी 'यरक़ानी' (पीली-पीली) नज़रों से ज़मीन की ओर देख रहा था...उसके बाद घमण्डी की आँखों में पेट की 'मदिरा' ने एक धुंध सी फैला दी। उसकी पलकें बोझल होना शुरू हुईं। नरकुल छत पर चले गये। झींगुरों ने जबान बन्द कर ली। फोड़े रिसने बन्द हो गये...

सब दुनिया सो रही थी लेकिन माँ जाग रही थी। उसने बीस के क़रीब हलास की चुटकियाँ नथुनों में रख लीं और उठ खड़ी हुई। दाएँ हाथ से उसने दीया उठाया और घिसटती हुई अपने बेटे के पास पहुँची आहिस्ता-आहिस्ता उसके बालों में हाथ फेरने लगी। घमण्डी सोया हुआ था। लेकिन माँ की हमदर्दी उसके रोएँ-रोएँ में शान्ति पैदा कर रही थी। माँ ने बेटे की ओर देखा, मुस्कुराई और बोली! मैं सदके, मैं वारी...दुनिया जलती है तो जला करे मेरा लाल जवान हो गया ना? इसीलिए...हाय मरे तेरी माँ भगवान करे से...''

नामुराद

सफ़दर, नक़्शबन्दों के यहाँ का बड़ा लड़का कालेज से घर लौटा तो खाना खाकर सोने के लिए लेट गया। सोने से पहले उसके हाथ में अख़बार था जिसमें लिखी हुई ख़बरें पेट में नशा के साथ धुँधली होती गईं...होती गईं...सफ़दर को पता था वह सो रहा है, उसके अंग एक तफ़रीह के क़ायल हो रहे थे। आप से आप यह ख़याल भी उसके दिमाग़ में आया कि मरते समय भी कुछ इस तरह की हालत होती है के अंग थक कर चूर हो जाते हैं और एक ऐसी तफ़रीह के क़ायल जिसका कोई अंत नहीं। सफ़दर सो गया लेकिन वह मरा नहीं...

तफ़रीह का एहसास कहाँ...अभी उसके अंग ने तफ़रीह भी नहीं पाई थी कि उसे झंझोड़ कर जगा दिया। उसने घबराकर आँखें खोल दीं लेकिन वह खुल न सकीं। पलकों के स्वच्छ पर्दों में सपने की लम्बी सड़कें—धमनियाँ, शराबी हो रही थीं। उसने अपनी आँखें दबाईं और खोलीं। वह इस दृश्य के लिए तैयार न था, वह इस ख़बर के लिए तैयार न था जो आज के अख़बार में नहीं छपी थी। बड़े नक़्शबन्द—अमीर अली नक़्शबन्द, उसके पिता खाट के पास खड़े थे और करीब ही माँ दरवाज़े में खड़ी किसी दुःख की अभिव्यक्ति में आँसू बहा रही थी।

"उठ बेटा...अरे उठ भी, इतना असावधान मत हो।"

असावधान का शब्द नक़्शबन्दों के यहाँ अधिक इस्तेमाल होता था। और उसके अर्थ भी भिन्न-भिन्न थे। उन अर्थों से भिन्न जिनमें हम-तुम और ज़ैद बकर उसे इस्तेमाल करते हैं। नक़्शबन्द तमाम के तमाम बड़े परहेज़गार लोग थे। उनके विचार से ख़ुदा की याद के अलावा जो समय भी गुज़रता था असावधानी में गुज़रता था। खाना-पीना, सबक़ रटना, सिनेमा देखना, सोना सब असावधानी में गिना जाता था। सफ़दर ने अपने आप अंदाज़ा कर लिया कि नमाज़ के सम्बन्ध में कुछ कहते होंगे और वह जी चुरा के सोने लगा। जब बड़े नक़्शबन्द नमाज़, तस्बीह और रोज़ा इस्तग़फ़ार के सम्बन्ध में कुछ कहते तो सफ़दर जिगर का एक शेर पढ़ देता।

महूव तस्बीह तो सब हैं मगर और इक कहाँ
ज़िन्दगी ख़ुद ही इबादत है मगर होश नहीं।

इस शेर में इंसान के लिए कितनी आज़ादी थी वह पुण्य में भी आज़ाद था और पाप में भी। आज़ाद-गुनाह (पाप) भी इबादत थी...पौधों की हवा से सिर हिलाने की प्रकृति, पक्षियों के चहचहे, सितारों का एक अनजाने केन्द्र के चारों ओर घूमना ये सब कुछ इबादत थी जो उठते-बैठते सोते-जागते हो रही थी। बड़ी मछली का छोटी मछली को खा लेना, इंसान का इंसान को कुचल देना, बतलान का हक़ पर छा जाना...ये सब कुछ इबादत ही तो थी, यदि वह आलसी न होता, यदि वह सुस्त न होता तो उसकी इबादत पूरी हो जाती, क्योंकि माँ और बड़े नक़्शबन्द भी इस शेर को आलस्य का एक औचित्य समझते थे। उनके ख़यालों में ज़िन्दगी के दरिया में बहता हुआ तिनका एक इरादा रखता था। चाहे कितना ही अयोग्य था वह। लेकिन कुछ लहरें थीं जो उससे डरती थीं। उस तिनके से, उस 'परकाह' से...लेकिन माँ की सिसकियाँ, ये केवल वह असावधानी न थी, सफ़दर जैसे बिजली के किसी नंगे तार से छू गया और उठ कर बैठ गया।

बड़े नक़्शबन्द ने गंभीरता से कहा—"बेटा! उठ कपड़े बदल ले। तुम्हारे ससुराल से बुलावा आया है।"

"मेरे ससुराल से?" सफ़दर ने हैरत से पूछा और माँ की ओर देखते हुए बोला—"माँ—!"

माँ ने अपने जज़्बात को दबाते हुए कहा—"नामुराद! उठ—जा तुझे तेरी सास ने बुलाया है।"

'नामुराद' और 'सास' के शब्द कुछ अजीब तरीक़े से इस्तेमाल किये गये थे। वह नामुराद का शब्द उस समय कहा करती थी जब वह बहुत मुहब्बत और नफ़रत की उलझनों में हल्की सी अप्रसन्नता को प्रकट करना चाहती थी। लेकिन आज उसने नामुराद कुछ इस तरह कहा था जैसे उसका बेटा सफ़दर वाकई नामुराद हो...और उसकी मंगेतर की माँ को वह 'सास' के नाम से कम ही पुकारा करती थी, वह केवल राबिया की माँ कह देती थी। सफ़दर का माथा ठनका। आज सास के शब्द पर ज़ोर देने और दहलीज पर खड़े आँसू बहाने का ये कारण तो नहीं कि माँ के हाथ से खुशी का दामन छूट गया है और राबिया की माँ के हाथ से भी?

लेकिन क्या हर्ज है? सफ़दर ने क्षण भर में सोच लिया। उसने अपने हाथ सिगरेट की ओर बढ़ाए लेकिन बड़े नक़्शबन्द को देखकर रुक गया। उनके सामने सिगरेट पीना, घर बंदर (निकाला) होना था। लेकिन अपनी लापरवाही की अभिव्यक्ति किसी तरह संभव नहीं थी। सफ़दर ने झुक के चारपाई के नीचे से बूट कटवा कर बनाये हुए स्लीपर निकाले और उन्हें पहन कर खड़ा हो गया और अपनी माँ की ओर खाली-खाली निगाहों से देखने लगा—"क्या राबिया की माँ ने कोई और रिश्ता देख लिया?....या....?" वह अपने आपको फ़रेब देना चाहता था....फ़र्ज़ करना कितना मुश्किल था। राबिया बेचारी को कुछ हो गया हो तो फिर उसे बुलाने की क्या ज़रूरत है?

नीचे ज़ीने पर धम्म-धम्म की आवाज़ें आने लगीं। सड़क पर खुलने वाली खिड़की से घर की सीढ़ी का आख़िरी हिस्सा भी नज़र आता था। घर में कौन है, ये देखने के लिए सफ़दर ने खिड़की को खोला और नीचे झाँका—जुम्मन था—राबिया का नौकर, शायद यही यह खबर लाया था, जिसे एकाएक बता देने में बड़े नक़्शबन्द और उसकी माँ एक कुदरती ख़ौफ़ के कारण संकोच कर रहे थे...उस

समय अभी दोपहर ढल रही थी कि आसमान पर सितारों की पंक्तियाँ बड़े-बड़े और सुस्त परों की तरह उड़ने लगीं। शहर का धुआँ गाढ़ा हो रहा था और शहर को उस समय अँधेरे में डुबा दिया था।

माँ अभी तक कुछ बोल न सकी थी। ये उसकी आदत थी। वह जन्म, शादी और मौत, तीनों मौक़ों पर अपनी भावनाओं को शब्दों से संतुष्ट नहीं कर सकती थी, बड़े नक़्शबन्द ने आस-पास कोई कुर्सी न देखी तो सुराही वाली तिपाई लेकर बैठ गये जिस पर से बहुत पहले सुराही हटा दी गई थी। बोली–"बेटा! ये बड़ी बुरी खबर है, तुम्हारी राबिया चल बसी–" माँ ने अपना मुँह छिपा लिया और फिर जल्दी से अपने बेटे की ओर देखने लगी...सफ़दर इस ख़बर के लिए तैयार न था लेकिन उसने हैरानी से मुँह खोल देने के अलावा और कुछ न किया।

नक़्शबन्द, ज़माने की दौड़ से बहुत पीछे रह गये थे। सफ़दर को इस बात की शिकायत थी। उस लड़की के लिए उसे कैसे अफ़सोस हो सकता था जिसे उसने कभी नहीं देखा था। उसका चेहरा साफ़ कह रहा था कि राबिया मर गई है तो क्या हुआ? उसे केवल इतना महसूस हुआ जितना किसी राह चलते को 'मैयत' मिल जाने से मरने वाले पर होता है। शायद उससे कुछ ज़्यादा क्योंकि राबिया का नाम अब उसके नाम के साथ लिया जाता था और उसके कान राबिया सफ़दर, सफ़दर राबिया की जाप से सिधा गये थे जब पहले पहल वामिक़-अज़रा, हीर-रांझा, रोमियो-जूलियट के नाम इकट्ठे लिए गये होंगे तो कानों को कितनी ठेस पहुंची होगी लेकिन अब ये नाम घरेलू बन गये थे–'रोज़ मर्रः', उसी तरह राबिया और सफ़दर के नाम 'रोज़ मर्रः' थे। आज राबिया इम्तहान दे रही है, आज सफ़दर कल्पना कर रहा है...राबिया कितनी सुन्दर है और इतनी अच्छी सेहत वाली...सफ़दर...सफ़दर गोरा चिट्टा है–राबिया सुर्ख़ बहुत है और इसलिए कुछ खौलाये हुए ख़ून की तरह स्याही जैसा...सफ़दर को कुछ दुख हुआ। उसने सोचा सफ़दर रशीदा, सफ़दर मोनव्वर, सफ़दर नज़हत...लेकिन उसके कानों को कुछ बुरा मालूम हुआ, उसने कुछ शरमाते हुए कहा–

"अम्माँ जान मुझे अफ़सोस है...लेकिन मैं जाकर क्या करूँगा?"

अम्मां जान ने हाथ मलते हुए कहा—"बेटा ये तो ठीक है, लेकिन तुम्हारी राबिया की माँ ने ख़्वाहिश ज़ाहिर की है।"

सफ़दर को शब्द 'तुम्हारी' के दोहराये जाने पर जी ही जी में हँसी आई। इस से पहले भी वह उसकी थी लेकिन किसी ने इस तौर पर उसे सफ़दर के साथ जोड़ा नहीं था। अब मर कर वह और भी तुम्हारी हो गई थी। अब जब कि वह दरअसल किसी की भी नहीं थी। लेकिन वह मर कैसे गई? ये अब तक सफ़दर ने न पूछा था। वास्तव में वह इस ख़बर से भौचक सा रह गया था लेकिन नक़्शबन्दों के यहाँ की झूठी 'हया' की ख़ातिर उसने आश्चर्य प्रकट न किया। उसने बड़ी मुश्किल से कहा :

"माँ, कल तो मुझे उसका भाई मिला था..."

बड़े नक़्शबन्द ने उठते हुए कहा—

"बेटा सफ़दर! बेचारी अचानक चल बसी—अचानक...उसे एक ख़ास बीमारी थी।"

उस ख़ास बीमारी के सम्बन्ध में सफ़दर कुछ न पूछ सका। उसने कपड़े उतारने के लिए खूंटी का रुख़ किया और उसके हाथ स्वयं ही लिबास में काले तत्त्व वाली चीजों की ओर उठ गये...ख़ास बीमारी? उसने अपने आप से पूछा होता। वह जानता था कि औरतों को कई प्रकार की कहने और न कहने के लायक बीमारियाँ होती हैं। उसके घर में स्वयं उसकी माँ प्रति क्षण किसी न किसी तकलीफ़ से ग्रस्त रहती है। घर के सब ताक़चे शीशों से भरे रहते थे, जैसे उसे किताबें सजाने का शौक था। इसी तरह उसकी माँ को शीशियाँ सजाने का। लेकिन दूसरे डाक्टर के पास जाते समय कोई शीशी न होती थी और बड़े नक़्शबन्द सिटपिटाया करते थे। वह जितना माँ से उस बीमारी के सम्बन्ध में पूछता उतना ही उसे यह कह कर टाल दिया जाता—पेट दर्द है—सर दुख रहा है—छाती फुनक रही है—उबकाइयाँ आ रही हैं..." आदि—और अब उसने औरतों की बीमारियों के सम्बन्ध में पूछना छोड़ दिया था—वह जानता था कि औरतों में बर्दाश्त की शक्ति ज़्यादा होती है और वह आमतौर से बीमारियों से

बच निकलती हैं...लेकिन राबिया मर गई!

सफ़दर ने पूछा—"मैयत कब उठेगी मियाँ जी?"

मियाँ जी ने जवाब दिया—"आज आठ बजे। इससे पहले न उठ सकेगी।"

माँ ने कहा—"एक भाई जालन्धर में दुकान करता है उसे भी तार दिया गया है।"

"आप भी शामिल होंगे?" सफ़दर ने पूछा।

"किसी पे एहसान थोड़े है..."

सफ़दर ने ज़िद करते हुए कहा—"मियाँ जी मैं भी आपके साथ शामिल हो जाऊँगा।"

सफ़दर ने देखा। ऐसे सवाल बड़े नक़्शबन्द को कुछ ठीक नहीं मालूम हो रहे हैं। उन्होंने अपने होठ काटे और कहा—"तुम मेरी बात मानोगे या अपनी कहे जाओगे?"

सफ़दर ने सर झुका लिया। माँ हस्तक्षेप करते हुए नरमी से बोली—

"बेटा राबिया को तुम्हारे पहुँचने के बाद नहलाया जाएगा।"

और माँ दुखी होकर रोने लगी। उसने दीवार के साथ अपना सर मारते हुए कहा—"हाय मेरी बेटी। मैं तुझे बहू बनाकर लाती इस घर में..."

सफ़दर को और भी आश्चर्य हुआ लेकिन वह और सवाल किये बिना चल दिया। सीढ़ियाँ उतरते ही उसे जुम्मन मिल गया। जुम्मन बड़ी आतुरता से सफ़दर का इन्तज़ार कर रहा था। उसकी आँखों से भी पता चल रहा था कि वह रोता रहा है। सफ़दर ने कहा—"जुम्मन!" लेकिन जुम्मन ने कोई जवाब न दिया। वह सफ़दर को देखकर फिर से रोने लगा। सफ़दर ने कहा—"चलो"—और जुम्मन रोता हुआ साथ हो लिया। सफ़दर चलता गया और सोचता गया—उसके जाने के बाद ही राबिया को नहलाया जाएगा...क्यों?...क्यों?...राबिया के यहाँ लोग सख़्त पर्दे के क़ायल थे। आज उसका उस घर में दख़ल कैसे होगा?...उस घर में जिसमें उसे दामाद बन कर, सेहरे बाँध कर दाखिल होना था...वह अन्दर कैसे जाएगा? उसने अपनी 'तुम्हारी'

को देखा भी नहीं था। वह 'नामुराद' था। माँ और ख़ाला के कहने के अनुसार राबिया सुन्दर थी, हज़ारों में से एक लेकिन यदि वह शादी के बाद कुरूप निकलती तो वह क्या कर लेता? उससे किसी ने पूछा नहीं था। सम्भव है लोग लम्बोतरा चेहरा नापसन्द करते हों। लेकिन उसे ऐसा चेहरा पसन्द है, और उसने बचपन से ही एक ख़ास क़िस्म के आभूषण अपनी दुल्हन को पहनाने का इरादा कर रखा है जो लम्बोतरे चेहरे पर अच्छे दिखाई दें...

जुम्मन बड़ी ख़ामोशी से मैला-कुचैला तौलिया कंधे पर डाले, नंगे पाँव सफ़दर के पीछे-पीछे चला आ रहा था। यूँ मालूम होता था वह सफ़दर बाबू के पदचिह्न पर अपने पाँव रखकर चल रहा है। लेकिन सफ़दर ने उस घायल भावनाओं वाले आज्ञाकारी नौकर को बातों से आज़माना न चाहा और वह चलता गया उस दो से तीन फ़र्लांग शहर की तंग और अँधेरी गलियों और बाज़ारों में से, जहाँ बहुत ही शोर था, गुज़रना था...सम्भव है राबिया को अपना मंगेतर याद न होता...और सफ़दर ने अपने गोरे चिट्टे हाथों को देखा और बाज़ार में चलते हुए एक बहाने से सोडा वाटर वाली दुकान में लगे हुए शीशे के सामने खड़ा हो गया। उसके बाल सुलझे हुए नहीं थे लेकिन उसके चेहरे से एक हसीन 'बेनयाज़ी' दिखाई दे रही थी जिसे सफ़दर ने स्वयं भी महसूस किया–लेकिन ये तो 'अतार बगोयद' वाली बात थी...उस समय दोपहर शाम में ढल चुकी थी। कबूतरों ने उड़-उड़ कर तारों पर बैठना शुरू कर दिया था। एक कबूतर ने सितमज़रीफ़ी से सफ़दर के कोट पर बीट कर दी। जुम्मन ने दौड़कर उसे तौलिया से पोंछ दिया।"

"रहने दो"–सफ़दर ने कहा–"मैं ऐसी ही ज़िल्लत के लिए पैदा हुआ हूँ–"

वहमी सफ़दर ने यह बोल यूँ ही कह दिया। लेकिन इससे जुम्मन को तसल्ली हुई और वह अब तक यही सोचता आ रहा था कि सफ़दर बाबू को राबिया बीबी के मरने का ज़रा भी अफ़सोस नहीं लेकिन सफ़दर अपनी गुत्थियां सुलझा रहा था–उसे अफ़सोस था लेकिन उसकी आँखों में आँसू न आ सके और दिखावे के लिए वह

रोना नहीं चाहता था। उसे ख़याल आया कि अजब किया जो उसे नापसन्द करते हुए राबिया ने कुछ खा लिया हो। और ख़ौफ़ से उसका जिस्म और रूह काँपने लगे...शायद राबिया की माँ ने अपनी इसी मूर्खता की ओर ध्यान दिलाने के लिए उसे बुलाया हो लेकिन ऐसी बातें कहने के लिए तो उसे दुनिया के माँ-बाप की ओर ध्यान देना चाहिए था।

एक जगह सफ़दर ने पीछे मुड़ कर जुम्मन को पुकारा।

जुम्मन ने कहा–"हाँ सरकार।"

"बीबी को क्या तकलीफ़ थी?"

जुम्मन का गला फिर रुदन से भर आया। उसने कहा–"बड़ा जुलुम हुआ सरकार...बड़ा घोर जुलुम हुआ–"

"राबिया बीबी ने खा लिया कुछ?"

"हे हे..." जुम्मन ने दोनों हाथ हिलाते और कानों को छूते हुए कहा।

"राबिया बीबी ऐसी न थी सफ़दर बाबू...उस ऐसी नेक लड़की मैंने आज तक नहीं देखी। तुम्हारी नौकरानी ने बताया है।"

"हमारी नौकरानी!"

सफ़दर ने आश्चर्य से पूछा और फिर कहा–"अच्छा–तुम्हारी बीवी ने!"

जुम्मन ने अपनी बात जारी रखते हुए कहा–कुँवारी बीबी के सम्बन्ध में ये बात कहने लायक़ नहीं है...जो मैं गुनाह करता हूँ तो...." और ये कहते हुए जुम्मन ने ज़मीन पर से मिट्टी छुई और कानों को हाथ लगाया–"तू अल्लाह बख़्श दे...बीबी नहाने वाली थी कि उसने ठण्डे पानी से नहा लिया और उसके बाद वह बिल्कुल जड़ गई....।"

"नहाने वाली थी तो नहा लिया।" सफ़दर ने आश्चर्य से पूछा और फिर समझते हुए बोला–"ओह–हाँ–मैं समझ गया जुम्मन। इसमें गुनाह की कौन सी बात है?"

और फिर दोनों ख़ामोशी से चलने लगे। सफ़दर को हिलाना उसके लिए और भी पहेली बन गई। उसे कुछ तसल्ली हुई कि राबिया अपने मंगेतर के कारण मायूस नहीं हुई। वह इतनी अच्छी

लड़की थी। इसीलिए वह 'नामुराद' था। सफ़दर को फिर महसूस हुआ कि वह राबिया के लिए हमदर्दी की भावना पैदा कर रहा है... कोशिश से...मेहनत से...वास्तव में उसे अपने आपको कुछ महसूस नहीं होता शायद 'मातम कदे' में पहुँच कर उसका दिल पसीज जाए, लेकिन यदि उससे रोया न गया तो बुरी बात होगी और यदि वह रो दिया तो और भी बुरी बात होगी।

सफ़दर के विचार पीछे की ओर दौड़ गये। जब राबिया की माँ लड़का देखने आई थी—जब उसने सफ़दर को देखा था—मुझे देखा था और राबिया को किसी ने न पूछा था। वह स्वयं राबिया थी वर्ना वह किस तरह उसे पसंद कर सकती थी? उस समय वह राबिया की माँ का दामाद नहीं था। वह एक लड़का था, अच्छी सूरत और भरे जिस्म वाला...एक मर्द...और राबिया की माँ ने फ़ैसला कर लिया था कि राबिया के लिए ये अच्छा बर है। उसने अपने ज़ेहन में राबिया और सफ़दर को इकट्ठे खड़े देख लिया था—क्या अच्छी जोड़ी थी। लेकिन उस समय राबिया कहाँ थी? कल्पना में सफ़दर के साथ खड़ी राबिया की माँ थी, राबिया नहीं थी...और सफ़दर को उन बेकार रस्मों से नफ़रत थी। क्यों नहीं उसे राबिया को दिखाया गया? और क्यों न राबिया उसे दिखाई गई अब राबिया मर चुकी है और वह उसके लिए कुछ भी महसूस नहीं कर रहा। वह क्यों उनके दर्द में शरीक नहीं हो सकता?...अब उसे क्यों बुलाया जा रहा है। उसे चिढ़ाने के लिए? उन पाबन्दियों पर आँसू बहाने के लिए?...सर पीटने के लिए?

'आफ़ताब मंज़िल' के सामने पहुँचकर सफ़दर खड़ा हो गया। घर में ख़ामोशी थी। एक रहस्यमय ख़ामोशी, जो साधारणतः मातम वाले घर में नहीं होती। शायद मातम करने वाले सुबह से रो-रो कर निढाल हो चुके थे। उनके गले सूख गये थे और अब उनके जिस्म का रोआँ-रोआँ रो रहा था। ये ख़ामोश रोना था। जो 'नालों' से कहीं ज़्यादा था। दिखावा तो कहीं था नहीं। जवान बेटी देखते-देखते हाथों से चली गई थी। सफ़दर रुक गया। वह स्वयं आश्चर्यचकित था कि वह इस घर में किस तरह प्रवेश कर रहा है। राबिया को भी ऐसी

शिक्षा न दी गई थी, जिससे वह ये हरकत न करती। वह शर्मो-हया की पुतली, पाकीज़गी की मूरत, एक झूठी शर्म का शिकार होकर रह गई। क्या उसने मरने से पहले एक बार भी सफ़दर के सम्बन्ध में सोचा?—नहीं कदापि नहीं। उसे क्या मालूम सफ़दर किस तरह का आदमी है। उसका कोई ख़याली दूल्हा होगा जैसे हर लड़की का होता है लेकिन वह सफ़दर नहीं होगा। वह कोई और होगा। ऐसे ही जैसे उसकी ख़याली दुल्हन सचमुच राबिया से अलग होगी और वह राबिया के लिए उसी तरह महसूस करेगा जैसे उसने किसी भी मरने वाली लड़की के लिए महसूस किया हो। वह इस घर में क्या हक़ रखता है? वह क्यों दाख़िल हो, उसे क्या हक़ है?—वह आगे बढ़ा। ठिठका—बढ़ा—उसे जुम्मन को भेज कर बुलाया गया है...

राबिया की छोटी बहन कमर, जो मँगनी में भी सफ़दर के यहाँ आई थी। दौड़ी हुई बाहर आ गई। उसके मुँह से चीख़ निकल गई—दूल्हा भाई आ गये?

सफ़दर ने अपनी ओर देखा। वह दूल्हा भाई था, काले कपड़े पहनकर अपनी दुल्हन को लेने आया था...उसे सब कुछ अजीब मालूम हुआ, एक ढोंग एक आधी राजनीतिक चाल...उसे यहाँ क्यों बुलाया गया था?...राबिया का भाई आया। उसकी आँखें सूजी हुई थीं। उसकी क़मीज़ के बटन खुल रहे थे। शलवार का एक पाइंचा ऊपर नेफ़े में था और दूसरा ज़मीन पर घिसट रहा था। वह दुख के एहसास से पीड़ा में ग्रस्त था। रूह जिसने जिस्म का हुलिया बिगाड़ दिया था, वह चीख़ा और उसने सफ़दर को बाजू से पकड़ लिया। जैसे वही उनका मुजरिम था और वह भी उसे दूल्हा भाई कहना चाहता था लेकिन उसने न कहा। वह केवल रोता रहा। बालिग आदमी का रोना जो हर उम्र के इंसान के रोने से ज़्यादा घिनावना होता है। क्योंकि वह रोना नहीं चाहता लेकिन रोता है। फिर उसके चेहरे के तनाव कसे जाते हैं और वह उन्हें छुपाता है।

सफ़दर घर में दाखिल हुआ। घर में बरतन और कपड़े इधर-उधर बिखरे हुए थे। राबिया की माँ बाल बिखेरे बैठी थी, वह झूल रही थी। दुख के एहसास से वह एक जगह बैठ न सकती थी। वह जीती थोड़े

ही थी। वह मर चुकी थी। राबिया जीती थी। राबिया की माँ मर चुकी थी। सफ़दर को देखते हुए उसने निहायत ख़ौफनाक आवाज़ से चिल्लाना शुरू किया। एक बन्द दरवाज़ों वाले कमरे के अन्दर से भी किसी बुजुर्ग आदमी के रोने की आवाज़ आई। सम्भवतः ये राबिया के पिता थे, जो किसी के सामने रोना नहीं चाहते थे। अब सफ़दर को रोने के लिए कोशिश की ज़रूरत न थी। आँसू उसकी आँखों से टप-टप गिर रहे थे।

राबिया की माँ गिरती-पड़ती उठी और वहशियाना अंदाज़ से सफ़दर के गले में बाज़ू डालते हुए बोली—"बेटा! तू इस घर में सेहरा बाँध कर आता। मैं तेरे शगुन मनाती। मैं तेरा सिर चूमती लेकिन मैं रोने के सिवा कुछ नहीं कर सकती। अल्लाह को मेरा रोना मंजूर था..." सफ़दर के सामने एक लाश ढकी पड़ी थी। माँ-बाप, सास-ससुर के अरमानों की लाश—राबिया...सफ़दर...सफ़दर को रोने के लिए कोई भी कोशिश न करनी पड़ी। उसके दिल में एक उबाल सा आया—क्षणिक उबाल, जो शायद राबिया को सामने पड़े देख कर नहीं आया था बल्कि अपने आसपास इंसानियत के दुख-दर्द को देखकर आया था। राबिया की माँ ने कहा—"बेटा! तू क्यों रोता है?"...लेकिन राबिया की माँ ने उसके रोने में एक खुशी, एक सुकून महसूस किया। यदि वह न रोता तो...सफ़दर को राबिया की माँ ने आख़िर किसलिए बुलाया था? राबिया की माँ ने कहा, "बेटा, तू क्यों रोता है?" तेरे लिए दुल्हनें बहुतेरी। मेरे लिए बेटी नहीं कोई। मेरी राबिया मुझे कहीं नहीं मिलेगी।" सफ़दर ने जी ही जी में ग़ुस्सा प्रकट करते हुए कहा—"तुम्हारी झूठी हया का शिकार लड़की शायद अब तुम्हें न मिलेगी। शायद तुम उससे इस खोटे सिक्के के तलबगार न होगे...तुम लोग ज़ालिम हो...बेरहम...मैं ज़ालिम हूँ, बेरहम और संगदिल...शायद मैं दिल की तह से आँसू लाता, लेकिन अब राबिया कौन है?...ये मेरी दुल्हन नहीं...।"

राबिया की माँ ने सफ़दर को रोते देखा तो ख़ामोश हो गई—न जाने क्यों ख़ामोश हो गई और फिर बोली—"बेटा, तू मत रो। मैं तेरे लिए दुल्हन लाऊँगी। राबिया से भी ज़्यादा खूबसूरत—उससे भी

ज़्यादा लम्बे बालों वाली...तेरी रोती है पैज़ार...लेकिन मेरी बेटी नामुराद जा रही है इस दुनिया से। उसे एक बार देख ले। उसकी शादी यही है कि तू उसे एक नज़र देख ले—देख—देख—देख मैं तुझे क्या दे रही थी, नसीबों जले!''

सफ़दर इस बात के लिए तैयार न था, उसे अपने माहौल से नफ़रत हो रही थी। एक अजीब तरह की हमदर्दी भरी नफ़रत, इन बिखरे हुए बरतनों, इन फटे हुए कपड़ों, इस कफ़न—इस लाश—एक क़िस्म की हमदर्दी और नफ़रत...वह यहाँ से भाग जाना चाहता था। उसे पूरा विश्वास था कि उसे अकारण परेशान किया जा रहा है। उसे विश्वास था कि मरने वाली की रूह को अकारण तकलीफ़ दी जा रही है। केवल खुदगर्ज़ी, केवल अपनी संतुष्टि के लिए वह इस मातम वाले घर में उस 'दूसरी लड़की' के बारे में कुछ भी सुनने के लिए और फिर मरने वाली की माँ के मुँहसे...उसे आश्चर्य...लेकिन वह चुप रहा...वह भाग न सका। एक विशेष प्रकार का आश्चर्य उस पर छा गया जो मुर्दे को देखने के लिए प्रत्येक जीवित व्यक्ति पर छा जाता है। वह जानता था कि वह डर जाएगा लेकिन वह राबिया को देखना चाहता था। उसे सुहागन बनाना चाहता था। वह नामुराद थी और सफ़दर स्वयं नामुराद था। राबिया की माँ ने राबिया के मुँह पर से कपड़ा हटा दिया। राबिया खून के खौलने के कारण स्याही जैसी बताई जाती थी लेकिन अब उसका ख़ून खौल नहीं रहा था। उसका ख़ून ठण्डा हो गया था, जम चुका था...सुर्ख़ी और ज़र्दी ने मिलकर एक अजीब क़िस्म की सफ़ेदी पैदा कर दी थी। हवा में उसके बालों की हिलती हुई लट से उसके ज़िन्दा होने का अंदाजा होता था—वह कितनी सुन्दर थी—मौत से और भी हसीन हो गई थी—उसका लम्बोतरा चेहरा जो सफ़दर की कल्पना में कितना उचित दिखाई दे...लेकिन वह सब अनुचित था। वह इस घर का दूल्हा था, लेकिन एक अजनबी था...और फिर एक दूल्हा!—राबिया की माँ उसे कोई कम दर्जा देने को तैयार न थी। इसलिए एक बार फिर चिल्लाते हुए कहा—

''सफ़दर बेटा। देख मैं तुझे क्या दे रही थी—मेरी बेटी नामुराद

जा रही है, मेरी बेटी नामुराद नहीं है—सफ़दर!...."

सफ़दर ने फिर एक बार भागने की कोशिश की। लेकिन उसके पाँव ज़मीन में गड़े हुए थे। उसका दिमाग़ चकरा गया था। वह नहीं जानता था कि राबिया नामुराद है या वह स्वयं, सफ़दर—जो दोनों एक दूसरे से 'नामहरम' हैं। या राबिया की माँ नामुराद है जो दोनों को जानती है।

छोकरी की लूट

बचपन की बहुत सी बातों के अतिरिक्त प्रसादी राम को छोकरी की लूट की रसम अच्छी तरह याद थी।

दो ब्याहे हुए भाइयों का सारी उम्र एक ही घर में रहना कितना मुश्किल होता है। ख़ासतौर से जबकि उनमें से एक तो सुबह और शाम घी शकर में मिलाकर खाना पसंद करे और दूसरा अपनी सुन्दर पत्नी के सामने ऐसी छोटी-छोटी बातों के लिए कानों का कच्चा बने। लेकिन महल्ला शहसबानी टोला में प्रसादी के पिता चम्बाराम और ताया ठण्डी राम जगत गौरव अपने बाप-दादा के मकान में इकट्ठे रहते आये थे। ये इकट्ठे रहने के कारण ही तो था कि चम्बाराम का कारोबार अच्छा चलता था और ठण्डी राम को नौकरी से अच्छी-ख़ासी आमदनी हो जाती थी। औरतों की गोदियाँ हरी थीं और सहन को बरकत थी। आम के एक बड़े पेड़ के साथ खिरनी का एक सुन्दर सा पेड़ उग रहा था जिसके पत्तों से खिचड़ी होती हुई कुकरौंदे की बेल बाज़ार में छदामी की दुकान तक पहुँच गई थी और आस-पास के गाँव से आये हुए लोगों को ठण्डी-मीठी छाँव देती थी।

परमात्मा की करनी, प्रसादी की पैदाइश के डेढ़-दो साल बाद चम्बाराम काल वश हो गये। परन्तु जगत गौरव जी ने भावज को बेटी करके जाना और प्रसादी को अपना बेटा करके पहचाना। और ताई

माँ भी तो यूँ बुरी न थीं, असाढ़ी और सावनी के दो मौकों के अतिरिक्त जबकि बँटवारा घर में आता। वह प्रसादी माँ के साथ हँसते हुए पेश आतीं। कभी तो ये भ्रम होने लगता जैसे दोनों माँ जाई बहनें हैं। इस संयोग के कारण सहन की बरकत ज्यों की त्यों रही। सहन में चार-पांच वर्ष से लेकर बीस-इक्कीस वर्ष तक की लड़कियाँ सहेले, बधाई, बछौड़े और देश-देश के गीत गातीं, चरख़े काततीं और सूत की बड़ी-बड़ी अंटियां मेंढियों की तरह गोंध कर बुनाई के लिए बुनकर के यहाँ भेज देतीं। कभी-कभी खुले मौसम में उनका रतजगा होता तो सहन में खूब रौनक़ हो जाती। उस समय तो प्रसादी से छोकरे को पिटारियों में से गुलगुले, मेवे, बादाम, बर्फ़ी आदि खाने के लिए मिल जाती।

प्रसादी की बहन रतनी—उसकी ताई की लड़की, उम्र में प्रसादी से ग्यारह-बारह वर्ष बड़ी थी। रत्नी से उम्र के इस फ़र्क़ की प्रसादी को बहुत शिकायत थी। और शिकायत थी भी बिल्कुल सही। सच पूछो तो रतनी एक क्षण भी उसके साथ न खेलती थी। परन्तु सर्दियों में सोती ज़रूर थी, और जब तक वह प्रसादी के साथ सोकर उसके बिस्तर को गर्म न कर देती, प्रसादी मचलता रहता।

''रतनी आओ—आओ ना रतनी—देखो तो मारे सर्दी के सुन्न हुआ जाता हूँ।''

रतनी बहुत तंग होती तो सिटपिटा कर कहती—सो जा, सो जा मूँडी काटे—मैं कोई अंगीठी थोड़े ही हूँ।''

ये तो हुई ना रात की बात। दिन को रतनी किसी अपनी ही धुन में मगन रहती। हौले-हौले गाती—'मीठे लागे दा के बोल'—

आख़िर कोई तो प्रसादी के साथ खेलने वाला चाहिए था। जब वह बिल्कुल अकेला होता तो उसे कुछ-कुछ समझ आती कि काल वश होकर स्वर्ग में चले जाने का क्या मतलब है, वहाँ लोग अकेले रहते हैं। लेकिन उन्हें कोई भी तकलीफ़ नहीं होती। जब वह सोच-सोच कर थक जाता तो दौड़ा-दौड़ा माता रानी के जोहड़ पर पहुँच जाता, तमाम कपड़े उतारकर किनारे पर रख देता और कुछ दूर पानी में जाकर एकाध डुबकी लगा लेता। और बहुत चिकनी मिट्टी

निकालता और घर जाकर रतनी को देता। ताकि वह उसे एक मुन्ना बना दे। बहुत सुन्दर, मिट्टी का मुन्ना, और फिर वह पूरे दिन मुन्ने के साथ खेलता रहेगा और उसे तंग करना छोड़ देगा। रतनी कहती—"देखो प्रसू—मैं तब बनाऊँगी तुम्हारे लिए मुन्ना, यदि तुम कोठा फाँद कर मुल्लू कन्हैया के पास जाओ और उसे कहो कि आज शाम वह रतनी बहन को ज़रूर मिलें।"

मुल्लू कन्हैया की ढलवान की छत को रेंग कर चढ़ना कोई खेल थोड़ा ही था। रतनी स्वयं घोड़ी बन कर ओट देती। तब कहीं प्रसादी मुँडेर तक पहुँचता। लाख आसरा लेने पर भी उसकी कोहनियाँ और घुटने छिल जाते और इतनी मेहनत के बाद जब प्रसादी लौटता तो देखता कि रतनी की बच्ची ने कोई मुन्ना-वुन्ना नहीं बनाया और फुलकारी की ओढ़नी को बूढ़ी जमादारनी की तरह मुँह पर खिसकाये वही बिल्कुल फिज़ूल और बेमतलब सा गाना गुनगुना रही है—'मीठे लागे दा के बोल'—

उस समय प्रसादी की बहुत बुरी हालत थी। वह चाहता कि वह भी काल बस हो जाए। परन्तु काल वश होने से पहले बहुत ही फूँक कर बुख़ार आता है। हड्डियाँ कड़कती हैं। यूँ ही दिखाई देता है, जैसे कोई बड़ा सा ख़ौफ़नाक, काले रंग का भैंसा सींग मारने को दौड़ा आ रहा है। इंसान डर-डर कर चीखें मारता और काँपता है। प्रसादी को ये बातें मंज़ूर न थीं। बैठे-बिठाये क्षण भर में काल बस हो जाना किसी भाग्यवान को ही मिलता है। उस समय वह रोते हुए माँ के पास जाता और कहता।

"चन्दू के घर मुन्ना होता है—बेरु के घर मुन्ना हुआ है माँ—हमारे घर क्यों नहीं होता मुन्ना?—तुम ऐसे जतन करो माँ, हमारे यहां भी एक मुन्ना तो हो जाए।"

प्रसादी की माँ एक बहुत गहरा और ठण्डा साँस लेती और छींकती हुई लोहे के एक बड़े हांवन दस्ते में लाल-लाल मिर्चें कूटती जाती और न जाने उसके जी में क्या आता कि प्रसादी की तरह बिलख-बिलख कर रोने लगती।

फिर एकाएकी सब रोना-धोना छोड़ कर तेज़ी से मूढे पर अरवी

को छीलने के लिए रगड़ना शुरू कर देती और जब प्रसादी बिल्कुल ज़िद ही किये जाता तो वह कहती—

"प्रसू बेटा! यूँ नहीं कहा करते अच्छे लड़के—तुम्हारे पिता लाया करते थे मुन्ना—अब वह रूठ गये हैं।"

"तो ताया को कहिये ना—वही लादें हमारे घर मुन्ना—"

"वह मुन्ना अपने ही घर लाएँगे—पगले कोई किसी के घर मुन्ना नहीं लाता—भाग जाओ। खेलो, बहुत बातें करोगे तो मारूँगी। हाँ!"

—प्रसादी को क्या। वह तो चाहता था कि उसे किसी तरह एक मुन्ना मिल जाए। अफ़सोस! इस बेचारे को तो कोई मिट्टी का मुन्ना भी बनाकर न देता था।

किसी बरसाती शाम के साफ़ और सुनहरी झटपटे में वह बरकत वाला सहन और हर व्यक्ति तथा हर उम्र की लड़कियों, रंग-रंगीले चरखों और पट्ठों की टोकरियाँ से भरना शुरू हो जाता। तमाम लड़कियाँ उम्र के लिहाज से दो टोलियों में बंट कर कुकरौंदे और खिरनी की आड़ में बैठ जातीं। छोटी लड़कियों की टोली अलग खिरनी के नीचे होती। इसलिए कि बड़ी लड़कियों का विचार था कि उन कल की बच्चियों को चुनरी ओढ़ने का तो सलीक़ा नहीं और वह उनके गाने को भी तो नहीं समझ सकतीं केवल मुँह उठाकर एकटक उनकी ओर देखने लग जाती हैं। फिर शर्म आने लगती है। मुँह लाल हो जाता है। गाना गले में अटक जाता है। और फिर कन्हैया के सम्बन्ध में बातें करने में उन्हें कोई मज़ा नहीं आ सकता—और वह तकले पर से धागे की लम्बी सी तार उठाती हुई एकदम रुक कर अंटी के नीचे टोकरी में से भुने हुए दाने और गुड़ खातीं। तभी तो वह सब की सब गर्म थीं। रतनी की तरह—और उनके छोटे भाई उनके साथ सख़्त सर्दी में सोने के लिए मचलते थे।

रामकली दो सुखना कहती और दूसरा कोई राग अलाप कर अपना सर कुकरौंदे में छुपा लेती तीसरी एनिमल कहती हुई बैल से लिपट जाती और जब आम पर कोयल कू-कू करती तो धीरा कहती, हाय-हाय—जाने बड़ा ही कष्ट हो रहा हो।

इसीलिए तो वह छोटी लड़कियों से कट कर अलग बैठती थी। प्रसादी ने छोटी लड़कियों को इस प्रकार का दुख पहुँचते कभी नहीं देखा। वह तो चुपचाप खिरनी के नीचे बैठ कर पहेलियाँ कहतीं। उन्हें और स्वयं प्रसादी को वही सीधी-सीधी पहेलियाँ बहुत प्यारी थीं। इसलिए कि उनकी अपनी ज़िन्दगी भी एक सादा सी पहेली थी। उनपर वो राज़ नहीं खुला था जो रामकली, रतनी, खेमो, धीरा और मुक़ाबले के तौर पर बड़ी लड़कियों पर व्यक्त हो गया था।

हाँ! एक बात प्रसादी ने बहुत महसूस की। वह यह थी कि कुकरौंदे की ओट में बैठने वाली बड़ी लड़कियों में आए दिन तब्दीली होती रहती। और जैसे भरी दुनिया में दाएँ और बाएँ से कभी-कभी आवाज़ आती है कि अमुक काल वश हो गया।

इसी तरह उनमें से आवाज़ आती–

''चम्पू भी ब्याही गई–''

या–

''रामकली भी गई–चलो छुट्टी हुई–परमात्मा करे अपने घर बैठी लाखों बरस सुहाग मनाए–लाखों बरस।''

और फिर–

''बहन! धीरा के बिना तो गाने का मज़ा नहीं आता। कैसी लटक के साथ कहती थी! दा बिन सब जग लागे फीका, कितनी सुन्दर थी, जब नाक में तीली डालती तो यूँ ही दिखाई देती जैसे गहनों से लदी हो।''

और फिर एक और बोल उठती–''धीरा बहुत गुड़ खाती थी–कहते हैं बहुत गुड़ खाना औलाद के लिए अच्छा नहीं होता।''

–तो क्या कुकरौंदे के नीचे बैठी हुई टोली में कमी रुनुमा हो जाती? बिल्कुल नहीं। क्योंकि चम्पू, रामकली और धीरा की तरह सुहाग मनाने के लिए चली जाने वाली लड़कियों की जगह खिरनी के नीचे पहेलियाँ कहती सुनती लड़कियाँ आहिस्ता-आहिस्ता पूरा कर देतीं और खिरनी के नीचे बैठी हुई लड़कियों की ख़ाली जगह पूरा करने के लिए महल्ला शहसवानी टोला की माँएँ ढेर सारी छोकरियाँ जनतीं और यूँ सिलसिला बंधा रहता या शायद ये सब कुछ इसलिए

होता कि जगत गौरव जी के सहन में वह रेल-पेल, वह धमा-चौकड़ी हमेशा-हमेशा बनी रहे।

मगहर और पोह के दिन थे। जब मकर सक्रांति आई और औरतें ढके हुए फल-फूलों को एक-दूसरे को देने लगीं और एक-दूसरी के सुहाग को बहुत दिन तक बने रहने की दुआएँ देने लगीं। कुँवारी कोकिलाओं ने भी आने वाली खुशी की ज़िन्दगी की 'पेश क़दमी' में एक-दूसरी के सगुन मनाये। घर के मर्द उन औरतों की आज़ादी में बाधक होने से डरते हुए अपनी-अपनी गुड़गुड़ी आदि उठाकर ठाकुरद्वारे चले गये–प्रसादी की ताई माँ इन दिनों बहुत फ़िक्रमन्द रहती थी। कहती थी–"मैं छोकरी के हाथ पीले करूँ तो अपनी नींद सोऊँ। अभी तक वर नहीं मिला–ये संयोग की बात है ना–परमात्मा ही कर्णहार है–स्त्री-मर्द का वही मेल मिलाता है–जहाँ संयोग होंगे–हे परमात्मा– ।"

उस रोज़ तमाम औरतें बरामदे में बैठी ठट्ठे और हँसी मज़ाक की बातें कर रही थीं। एकाएक प्रसादी की ताई माँ ने सब को 'मुख़ातिब' करते हुए कहा–

"लो बेटी–तैयार हो जाओ सब–अब मैं अपनी छोकरी की लूट मचाऊँगी।"

–इस पर्व में ये रसम भी अजीब होती है। जिसकी लड़की बहुत जवान और शादी के क़ाबिल हो जाए वह उसकी लूट मचाती हैं ताई माँ की तरह कोई बूढ़ी सुहागन उठ कर गरी, छुआरे, बेर और तरह-तरह के फल-फलारी लड़की के सर पर से मुट्ठियाँ भर-भर कर गिराती हैं। जब वह चीज़ें नीचे बिखर जाती हैं तो तमाम कुँवारी कोकिलाएँ और सुहागिनें फल-फूलों को लूटने के लिए जगत गौरव जी के सेहन में उगे हुए पेड़ों और बेल के पत्तों की तरह खिचड़ी हो जाती हैं। प्रत्येक की यही इच्छा होती है कि वह फल खाये। यदि सुहागिन खाये तो उसका मतलब होता है कि उसके सुहाग की उम्र लम्बी हो जाती है–शायद लाख वर्ष तक। बाँझ खाये तो उसके चाँद सा बेटा पैदा होता है। कुँवारी खाये तो उसकी जल्दी ही शादी हो जाती है। अच्छा सा वर मिल जाता है। इसीलिए तो कुँवारी लड़कियाँ उठा

कर चुपके-चुपके और चोरी-चोरी वह फल खाती हैं।

प्रसादी ने देखा, रतनी आपे से बाहर हो रही थी...प्रसादी की माँ ने उसे बताया कि छोकरी की लूट का ये मतलब होता है कि तुम्हारी रतनी बहन को कोई ब्याह कर ले जाएगा—कोई लूट कर ले जाएगा। और प्रसादी की माँ हँसने लगीं—"ताई माँ स्वयं भी तो अपनी छोकरी के लुट जाने को पसन्द करती हैं और ऐसे आदमी की जिज्ञासु हैं जो कि उसे सर से पाँव तक अपनी ही मिल्कियत बनाकर डोली में बिठा चल दे और आतिशबाज़ी के साथ....बाजे बजवाता हुआ...और फिर घर में से आधी जायदाद समेट कर ले जाए... ।"

प्रसादी ने सोचा किसी को क्या? मुसीबत तो उसे होगी। सर्दियों में रतनी चली जाएगी तो उसके बिस्तर को कौन गर्म करेगा? ताई माँ तो बर्फ़ की तरह ठण्डी हैं और अम्माँ तो पूरी रात खाँसती रहती हैं। इधर से उधर और उधर से इधर पहलू बदलती और छत की कड़ियाँ गिनती चली जाती हैं। न आप सोती हैं न सोने देती हैं। कहती हैं मेरे साथ सोना अच्छा नहीं—मुझे तपेदिक है।

ताया जगत गौरव ठण्डी राम कुशल कारीगर थे। तभी तो लोग उन्हें जगत गौरव कहते थे। सुबह शहर में भेजने के लिए कैलेण्डरों की चुप्तियां बनवाते रहे। आठ बजे के अन्दर-अन्दर खोये में गजरेला तैयार कर लिया और फिर झट से काम पर भी चले गये। बला के आदमी थे जगत गौरव। उस दिन प्रसादी भी उनके साथ काम पर गया।

जगत गौरव चुंगी महसूल के मुंशी थे। तमाम दिन वह गुलक़न्द में इस्तेमाल होने वाले गुलाब के फूलों और 'ख़ाम-खालों' पर शुल्क लगाते रहे। कभी-कभी किसी से कुछ लेकर उसे यूँ ही छोड़ देते। आख़िर जगत गौरव थे ना! और रतनी की लूट मचानी थी। इस तरह धेला-धेला पैसा-पैसा करके ही तो कुछ बनता है। तभी तो वह मोटे होते जा रहे थे। कहते हैं रिश्वत लेने में इंसान मोटा होता है और आत्मा और अंतरात्मा किसको नज़र आते हैं?

चुंगी पर खोशिया और वफ़ाती आये। वर तो उन्हें अच्छा मिल गया था। बहुत ही अच्छा। अब बस तारीख़ लेनी थी। जगत गौरव

ने लड़की और लड़के की जन्म पत्री पण्डित जी को दिखाकर तारीख़ सिधवा रखी थी और जन्म पत्रियाँ जेब में लिए फिरते थे। ख़ोशिया और वफ़ाती के पूछने पर तुरत तारीख़ बता दी, लड़के की ओर से कोई मीर मद्दू आया था। सब बड़े भाग जजमान के– बड़े भाग जजमान के–कहते हुए चले गये।

ताई माँ बड़ी बेसब्री से साहे का इन्तज़ार करने लगीं, उन्होंने कई चाँदी के बरतन बनवाये। सोने के झूमर, जड़ाऊ नेकलेस, घड़ी, चूड़ी और तरह-तरह के आभूषण तैयार करवा लिए। आख़िर इसी बात के लिए ताया ने ग़ुलकन्द में इस्तेमाल होने वाले गुलाब की गठें दो-दो चार-चार आने लेकर छोड़ दी थीं और ख़ाम खालों की गठें दो-दो चार-चार रुपये लेकर–बीसियों गिलास बड़ी कड़ाही, हमाम--एक बड़ा सा पलंग भी ख़रीदा था ताया ने। उस पर प्रसादी और रतनी ऐसे छह सो जाएँ। फिर कुर्सी, मेज़, सिंघारदान, बाजा, लड़की के सूट, लड़के के कपड़े और विदाई पर रुपये देने के लिए शहर के नोट घर में से नए रुपये मँगवाये–और प्रसादी सोचने लगा। क्या ये सब कुछ लुटा देने के लिए है?

प्रसादी ने कहा–"ताया कुछ इतने सयाने नहीं दिखाई देते। लेकिन वफ़ाती, ख़ोशिया, बेली राम और अड़ोस-पड़ोस के सब आदमी जगत गौरव की वाहवाह कर रहे थे। लड़की का दान करना सो गाय के दान के बराबर होता है। तुलादान से कम फल नहीं मिलता। वह सब कहते थे, भई जगत गौरव को ये नाम 'जिद्दी' थोड़े ही मिला है। इसीलिए तो ये नाम दिया है। बड़े सयाने, बड़े कारीगर आदमी हैं। ईश्वर किसी की बेटी को दे तो लुटाने के लिए इतना धन दे–वाहवाह–वाहवाह–

प्रसादी ने माँ से ताया की अक़्ल के बारे में पूछा तो वह कहने लगी–"बेटा! ये छोकरी की लूट आज से नहीं जब से दुनिया बनी है चली आ रही है। सब अपनी-अपनी बेटियों को यूँ दे देते हैं। इतनी दौलत और धन भी–हाय! इस पर भी बस हो तो कोई लाख मनाये बेटियों वाले मिन्नतें करते हैं। पाँव पड़ते हैं। क्या जाने उसकी ससुराल वाले रूठ जाएँ। तब जाकर सारी उम्र के लिए कोई किसी

की बेटी लेता है। कोई बहुत बेढब हो तो ले देकर भी नहीं बसाता—और फिर किसी नसीबों जली का बना-बनाया सुहाग उजड़ जाता है—

और प्रसादी की माँ की आँखें डबडबा आयीं। वह बोलीं—"प्रसू! तू भी बड़ा होगा तो एक छोकरी लूट कर लाएगा। इसी तरह धन-दौलत के साथ—ईश्वर तेरी उम्र चार जुग लम्बी करे!—उसे अच्छी तरह बसाना। मुझे 'नशचा' है मैं उसे अपनी आँखों से न देख सकूँगी।"

और प्रसादी की माँ रोने लगी। प्रसादी ने पूछा—तू कहाँ चली जाएगी माँ?"

वह अपनी आवाज़ को दबाते हुए बोली—"तुम्हारे पिता के पास—वो भी मुझे इसी तरह लूट कर लाये थे, मैं उन्हीं की हूँ।"

—प्रसादी बुझे हुए तन्दूर में टाँगें लटकाये तमाम दिन उदास बैठा सोचता रहा। मैं बड़ा होऊँगा और एक छोकरी को लूट लाऊँगा। उस लड़की के घर कुकरौंदे की बेल के नीचे एक लड़की की कमी हो जाएगी, जिसे कोई और पूरा करेगी। हाँ! वह भी तो अपने किसी भाई को सर्दियों में अपने बिस्तरे में जम जाने या ताई माँ के बर्फ़ से ठण्डे जिस्म के साथ लग कर सो जाने के लिए छोड़ आएगी। उसका भाई तो रह-रह कर मुझे गालियाँ देगा और कहेगा इससे तो कहीं अच्छा है कि मैं काल वश हो जाऊँ।

साहे के दिन प्रसादी के जीजा बहुत से आदमियों के साथ आये। यदि माँ न रोकती तो प्रसादी लट्ठ लेकर सबका मुक़ाबला करता। फिर किसी की क्या मजाल थी कि रतनी को इतनी बेदर्दी से लूट ले जाने की जुर्रत करता। किन्तु जगत गौरव और ताई माँ की इस लूट में ख़ुशी थी। ताई माँ मण्डप के नीचे झण्डियों और लकड़ी की चिड़ियों के नीचे बैठी थीं। आस-पास औरतें गा रही थीं। बाहर बाजा बज रहा था और पण्डित जी के श्लोकों की आवाज़ इस शोर-ग़ोग़ा से अलग सुनी जा सकती थी। जब फेरे हो गये तो सबने ताई माँ और जगत गौरव को बधाई दी। ताई माँ की लाल फुलकारी और जगत गौरव की गुलाबी पगड़ी पर केसर के निशान लगाये गये

और पीले-पीले फूल पंखुड़ियाँ बरसाये गये। जाने उन्होंने रतनी को लुटा कर बहुत अक़लमन्दी दिखाई। ताई और अम्माँ ने जिम्मेवारी के मुक्त होने के एक एहसास से उसकी लूट की ख़ुशी में दूध के दो बड़े कटोरे भर कर पिये।

प्रसादी को जीजा एक आँख न भाता था। प्रसादी ने कहा—"ये मुर्दा सा, काला कलूटा आदमी रतनी बहन को लूट कर ले जाएगा। रतनी तो उसकी शक्ल देखकर बेहोश हो जाएगी। लूट कर ले जाने वाले डाकू ही तो होते हैं, बड़ी बुरी और डरावनी शक्ल के—इसमें और उनमें इतना फ़र्क़ है कि डाकू मुँडासा बाँध कर आते हैं और ये काला कलूटा जीजा सेहरा बाँध कर आया है।"

जब कहारों ने डोली उठाई तो घर भर में कोहराम मच गया। आज फिर कुकरौंदे के नीचे एक बैठक ख़ाली हो रही थी। ताई माँ दहाड़ें मार कर रोने लगीं—"हाय! बेटी का धन अजीब है। पैदा हुई, रातें जाग, मुसीबतें सह, गू-मूत से निकाला। पाला, पढ़ाया, जवान किया। अब यूँ जा रही हो जैसे मैं कुछ होती ही नहीं। ईश्वर! बेटी किसी की कोख में न पड़े। उसकी विदाई का दुख बुरा—हाय! इस तरह तो कोई आँखें नहीं फेरता, जगत गौरव प्रसादी की तरह बिलखने लगे। माँ तो दरो-दीवार से टक्करें मारने लगीं—हाय! मुझसे तो रतनी का बिछौह न सहा जाएगा। मेरी बेटी ने तो मुझे दोहाग का दुख भुला दिया था—हाय! इस संसार की रीत झूठी आती रहे। तू लाखों बरस सुहाग मनाये।"

सभी लड़कियाँ बिछौड़ा गाते-गाते रुक-रुक गईं।

डोली का पर्दा उठाकर रतनी ने प्रसादी को गले से लगा कर ख़ूब भींचा। प्रसादी भी उसे रोता देख कर ख़ूब रोया। रतनी कहती थी। "प्रसू भैया—मेरे लाल! तू मेरे बिना सोता ही नहीं था। अब तू रतनी को कहाँ ढूँढ़ेगा?"

फिर सबकी ओर देखकर कहने लगी—

"मुझे इस घर में रखने की कोई हामी नहीं देता। सभी तो मेरे जान के 'लागू' हो रहे हैं।"

और जब जीते-जागते आदमियों में से किसी ने उसे न ठहराया

तो रतनी दादा और चम्बा राम चाचा को याद करके रोने लगी। दरो-दीवार से बातें करने लगी—"मेरे बाबुल के घर के द्वार—ये महल—ये माड़ियाँ, मैं समझती थी मेरा अपना घर है। खिरनी—और मेरे मीठे आम—निरोई पिता! तेरे बसते मन्दिरों में से मुझे जबरदस्ती निकाल कर ले जा रहे हैं—यहाँ का दाना-पानी छूट गया!"

जब रतनी चली गई तो प्रसादी उसी बुझे हुए तन्दूर पर उदास बैठा उधेड़बुन करता रहा। तरह-तरह के विचार और अंदेशे उसके दिल में आये। उसने कहा—"ताई और माँ के विचार के अनुसार जब परमात्मा ही मर्द और स्त्री का मेल मिलाता है तो फिर ख़ोशियाँ और वफ़ाती की क्या ज़रूरत है? वह यूँ भी तो घर में से सेरों आटा, गुड़ और घी ले जाते हैं। गट्ठों के गट्ठे गन्नों के—साग-पात, पक्का, कच्चा—बदमाश कहीं के—केवल इतनी सी बात कहते हैं, "बड़े भाग जजमान के—बड़े भाग जजमान के।" और ला देते हैं इतना मुर्दा या काला-कलूटा जीजा—परमात्मा के किये में दख़ल देते हैं ना। क्यों नहीं मुल्लू कन्हैया रतनी को ले जाते। परमात्मा ने आप ही तो मेल मिला दिया था। और रतनी भी तो यही कहती थी तुम्हारा जीजी तो मुल्लू कन्हैया है। कभी किसी के दो-दो जीजे भी होते हैं। मैं तो मुल्लू कन्हैया ही को जीजा कहूँगा। उस मुर्दे को कभी नहीं। लाख ज़ोर करेगी।

न जाने ये लोग छोकरी की लूट के इतने इच्छुक क्यों होते हैं। क्षण-क्षण गिन कर साहे का इंतज़ार करते हैं। फेरों के बाद दूध के कटोरे पीते और बधाइयाँ लेते हैं। और फिर जब लूट होती है तो रोते हैं। इतना मूर्ख कौन होगा जो आप ही सब काम काज करे और रोये, जाने कोई काल वश हो गया हो, और फिर रतनी की भी तो जाने की मर्ज़ी न थी। वह दहलीज़ पकड़-पकड़ कर रोती थी। बेचारी का बुरा हाल था।

सब घर लुटा दिया और फिर हाथ जोड़ते रहे। क़ुबूल करो। मैं तो यूँ कभी किसी के पाँव न पड़ूँ। पहले तो दो ही हैं। तो यूँ पाँव पड़कर मिन्नतें करके कभी न दूँ। न लें तो जाएँ भाड़ में।

उस दिन प्रसादी सारी रात ताई माँ के बर्फ़ के से ठण्डे जिस्म

के साथ लग कर जागता रहा।

कुछ दिनों बाद रतनी आप ही आप आ गई। प्रसादी को उसने बहुत चूमा, प्यार किया। जैसे वह अब अपने नन्हे से भाई को छोड़ कर कहीं न जाएगी और उसे स्वयं भी छोकरी की लूट पसंद नहीं। उस रात प्रसादी बड़े सुख और चैन से रतनी के साथ सोया। रतनी सारी रात प्यार से प्रसादी को भींचती रही—जब सुबह सवेरे आँख खुली तो रतनी बिस्तर में न थी। पता चला कि वही लुटेरा उसे लूटकर ले गया था।

प्रसाद फिर रोया परन्तु माँ ने कहा—''बेटा! ये रसम आज से नहीं। जब से दुनिया बनी है, चली आई है।''

सोचते हुए प्रसादी ने कहा—''बड़े नख़रे करती थी रतनी। सच्ची बात तो ये है कि ये छोकरियाँ स्वयं भी लुट जाना पसंद करती हैं। वह तो अपने सोते भाइयों के जागने का इन्तज़ार भी नहीं करतीं और काले-कलूटे जीजा के साथ भाग जाती हैं।''

अब के जो रतनी आई तो छोकरी की लूट के सम्बन्ध में प्रसादी ने अपना दृष्टिकोण बिल्कुल उलट दिया था। उसने कहा—''वास्तव में ये लूट सब के लिए अच्छी होती है। ताई, माँ, जगत गौरव जी और स्वयं रतनी भी उसे पसन्द करती है। और ख़ास तौर पर उसे भी अच्छी लगती है। मुन्ना तो मिल जाता है। रतनी ने उसे जीजा की तरह दुबला-पतला, परन्तु अपनी तरह का गोरा चिट्टा मुन्ना खेलने को ला दिया था—''प्रसादी ने माँ को बुलाते हुए कहा।

''भोली माँ—तू तो जतन करने से रही—क्या तू न लुटेगी माँ?''

पान शॉप

बेगम बाज़ार की अशुभ दुकान में एक बार फिर बेलदार दो सूती के भारी-भारी परदे लटकने लगे। आधुनिक 'दाफ़े चम्बल द्वार' और जापानी खिलौनों की दुकान—और ओसाकाफ़ियर (जापान से संबंधित) के मुलाज़िम अचंभे से थारू लाल फ़ोटोग्राफ़र को ओक प्लाई का डार्क रूम बनाते देख कर उसके अँधेरे भविष्य पर आँसू बहाने लगे।

"एक महीने से अधिक चोट न सहेगा—बेचारा!"

"दुकान क्या होगी, बाज़ार से कुछ हट कर ना। नज़र उसे सामने नहीं पाती और बस।"

—एक महीना, दो और चार—थारू लाल वहीं था। आधुनिक 'दाफ़े चम्बल द्वार' और ओसाकाफ़ियर के मुलाज़िमों ने आश्चर्य से उँगलियाँ मुँह में डाल लीं। जबकि 11 अगस्त की सुबह को उन्होंने एक जहाज़ी साइज़ का साइनबोर्ड उस अशुभ दुकान पर लटकते हुए देखा। 6×12 फुट साइज़ के साइन बोर्ड पर देव आकृति अक्षर ख़ालिस शिल्पी अंदाज़ से नाचते हुए इंटरनेशनल स्टूडियो का रूप ग्रहण कर रहे थे।

ओसाकाफ़ियर के व्यवस्थापक समीम (ख़ान ज़ादा) ने सेलोलाइड की एक बड़ी सी गुड़िया के अंदरूनी फ़ीते को उसके अंदरूनी क़लाबों से सावधानी के साथ बाँध दिया (ताकि ग्राहक को शिकायत का

मौक़ा न मिले) और फिर थारू की दुकान पर लटकी हुई साइनबोर्ड को देखकर मुस्कुराने लगा।

"इंटरनेशनल फोटो स्टूडियो!"

थारू का काम बेगम बाज़ार, उसके आस-पास के तीन मुहल्लों, सामने चौक के निचले या छावनी के हाई स्कूल तक सीमित होगा। परन्तु वह अपनी दुकान को एक अन्तर्राष्ट्रीय कारोबार से कम नहीं देखना चाहता था। क्या अजब जो उसे किसी दिन लेनिनग्राद टुम्बक्टो, या होनो लूलू से फ़ोटो का माल मुहैया करने के आर्डर मिलने लगें—इसलिए अन्तर्राष्ट्रीय नाम रखने में हर्ज भी तो कोई नहीं। इस नाम से दुकानदार की नैसर्गिक आशा टपकती है।

परन्तु अफ़सोस! सौदे की अश्लील हिन्दुस्तानी दुकानदार को बेगम बाज़ार के पास के तीन मुहल्लों, सामने चौक के निचले और छावनी के हाई स्कूल से दूर क्या जाने देगी। वह हर जायज़ और नाजायज़ तरीक़े से ग्राहक को फँसाने की कोशिश में पेशे की तो धज्जियाँ उड़ा देता है। जैसे अपने पाँव में आप बेड़ियाँ डालता है। और यूँ ज़्यादा आमदनी की उम्मीद में स्वाभाविक आय भी बरबाद! थारू की दुकान पर इस जहाज़ी क़द के साइनबोर्ड के नीचे एक और टीन की प्लेट पर 'आधुनिक ऐनक साज़' भी लिखा था। तरक़्क़ीपसंद परन्तु भोले थारू ने आधुनिक ऐनक साज़ी केवल सौदे की नक़ल में शुरू की थी। क्योंकि उसका पड़ोसी दुकानदार जुराबों के कारख़ाने के साथ 'टीटीगढ़' कागज़ भी बेचा करता था।

11 अगस्त की शाम को ओसाकाफ़ियर का व्यवस्थापक समीम (ख़ान ज़ादा) और थारू कुछ उदास ख़ातिर होकर मिले। दोनों की आमदनी का अधिकतर हिस्सा ग्रीष्मावकाश या सरकारी कार्यालयों के शिमला की ओर कूच करने में खर्च हो चुका था। उन दोनों में स्टूडियो के सामने पान शॉप पर बहुत चहल-पहल रहती थी।

पान शॉप के पहियेदार तख़्तों में खड़िया मिट्टी से साफ़ किये हुए शीशे बहुत ही सुन्दर दिखाई देते थे। एक हल्की हरी झलक रखने वाले शीशे के पीछे एक हुक के साथ एक सुन्दर सोने की सेकेण्ड्स घड़ी लटक रही थी। उसके नीचे क़ानून वक़्फ़ा की किताबें अस्त-व्यस्त

पड़ी थीं। शायद कोई क़ानून का बेक़ानून और फ़िज़ूलखर्च विद्यार्थी इतनी क़ीमती किताबें कौड़ियों के मोल गिरवी रखकर पैसे ले गया था। किताबों के पीछे एक पुरानो सिंगर मशीन पड़ी थी। उसे गिरवी रखने वालों को इतनी आवश्यकता या इतनी जल्दी थी कि उसने मशीन पर से धागे की गोली भी न उठाई थी।

पान शॉप के एक कोने में कांसी और पीतल के फिलिस्तीनी प्यालों के रूप में गुलदस्ते और लम्बी-लम्बी टाँगों वाले कुलंग पड़े थे। फ़र्नीचर की दो पंक्तियों में अख़रोट की लकड़ी में कश्मीरी तराश का एक बड़ा सा गणेश भी पड़ा था और दीवार के साथ पान शॉप का मालिक एक लोहे की संदूकची पर अपनी कोहनियाँ रखे हुए अपने किसी ग्राहक से बातें कर रहा था।

बिना वर्दी सिपाही पान शॉप के मालिक से इज़ाज़त पाकर बरामदे में पड़े हुए साइकिल के नम्बर देख रहे थे।

"ए. 11758—नहीं।"

"ए. 222312—ये भी नहीं।"

"एच. 97401— ये भी नहीं, कोई भी नहीं। चलो।"

एक ईसाई लड़की दो बार बेगम बाज़ार में पान शॉप से नीचे चौक और निचले चौक से पान शॉप की ओर वापस आई। वह बार-बार ग़ौर से पान शॉप के अन्दर देखती। उस समय उसके दबे हुए कंधे फड़कने लगते। शायद वह चाहती थी कि पान शॉप के अन्दर बैठे हुए दो एक आदमी चले जाएँ और सिपाही अपना काम करके चला जाए ताकि वह अकेलेपन में आज़ादाना अपना कारोबार कर सके या शायद वह अपना माल गिरवी रखते हुए झिझकती थी। जबकि उसके पास गिरवी रखने के लिए कोई चीज़ दिखाई न देती थी—उसके तराशे हुए कुसुम जैसे होठ फड़कते दिखाई देते थे और उसकी बेख़्वाब और भारी आँखें बेक़रारी से पपोटों में हरकत कर रही थीं। पसीने से सफ़ेद मलमल का फ़्राक उसकी पीठ पर चिमट गया था और पीठ की ओर उसकी अंगिया के तने हुए रेशमी फीते कांधों पर गोल चक्कर काटते हुए साफ़ दिखाई दे रहे थे।

"आज बहुत गर्मी है—तोबा!—शाम को ज़रूर बारिश होगी—"

ओसाकाफ़ियर के व्यवस्थापक ने कानों को छूते हुए कहा।

थारू ने ये बात न सुनी और बहुत तन्मयता से पान शॉप के अन्दर देखता रहा। फिर अचानक काँपते हुआ उठा और बोला—

"इससे तो मैं भूखा मर जाना पसन्द करता हूँ।"

समीम ने ग़ौर से पान शॉप के अन्दर देखा और बोला।

"ज़रूरत मजबूर करती है मेरे भाई। लेकिन कोई खुशी से थोड़े ही—"

लड़की पान शाप से बाहर आई। उसके अंदाज़े से प्रकट था कि गिरवी माल पर उसके अंदाज़े और ज़रूरत से उसे बहुत ही कम रुपया मिला था। नहीं तो इत्मीनान और खुशी के भाव उसके चेहरे पर ज़रूर दिखाई देते—वह अपने बीमार पति पर अपना सब कुछ लुटा चुकी थी। अब उसके पास सुनहरी बालों के अतिरिक्त गिरवी रखने के लिए रहा भी क्या था। काश उन हलक़ावार लम्बी-लम्बी सुनहरी जुल्फ़ों की हिन्दुस्तान में कुछ क़ीमत होती।

लड़की ने अपना दायाँ हाथ ऊपर उठा कर एक उँगली को जड़ से मसलना शुरू किया। उँगली पर एक पीला सा हल्क़ा नज़र आ रहा था। न जाने किस जरूरत से मजबूर होकर उसने अपनी प्यारी चीज़, अपनी रोमांटिक, 'हेयाते मआशिक़ा' की आख़िरी निशानी पान शॉप में गिरवी रख दी थी। उसने अपने रँडवे हाथ से अपनी सुनहरी जुल्फ़ों को नफ़रत से पीछे हटा दिया। क्योंकि उनकी कोई क़ीमत न थी और पान शॉप का पहियेदार तख़्तों में खड़िया मिट्टी से साफ़ किये हुए सुन्दर शीशों में उसने अपने हसीन चेहरे के धुँधले अक्स को देखा और रोने लगी—क्योंकि वह सुन्दरता बेचने वाली न थी।

लोहे का एक सूक्ष्मदर्शी यंत्रनुमा नाल में थारू करुक्कस के कुछ हलके से उन्नतोदर शीशे डाल कर आधे घंटे के क़रीब एक बूढ़े की आँखों मुआइना करता रहा। बूढ़े के सामने कुछ दूर तक ताक़ के साथ उर्दू के 'हरुफ़तेहज्जी' (वर्ण-माला) लटके थे।

थारू बार-बार उस नाल की दरार में किसी नये और हलके से उन्नतोदर शीशे को रख देता। बूढ़ा कहता—

"अब 'मीम' तुम्हारे कोट से भी बड़ी दिखाई देती है।'"

''अब 'ज़ो' से किरणें निकल रही हैं।''

''अब 'ऐन' धुंधली-धुंधली और परछाईंदार नज़र आती है।''

''अब सब अक्षर दिखाई तो ठीक देते हैं—परन्तु बहुत ही छोटे-छोटे—तुम्हारे कोट के बटन से भी छोटे।''

वह बूढ़ा क्या जाने कि यदि किसी उन्नतोदर शीशे में से सभी वर्णमाला अपनी आकृति के दिखाई देने भी लगें तो वह थारू लाल—'आधुनिक ऐनक साज़' और फोटोग्राफर से एक आँख भाता सेलोलाइड का फ्रेम किया हुआ चश्मा लगवाकर हमेशा के लिए हो जाएगा।

डेढ़ घंटे की 'साइंटिफ़िक' देखभाल के बाद थारू ने शीशे का नम्बर एक कागज़ पर लिखा और ऐनक बूढ़े को दे दी।

बूढ़ा उन अमीर ग्राहकों में से नहीं था जो थोड़े पैसों की अदायगी के लिए भी 'पहली' का वायदा किया करते हैं। पैसे उसकी मुट्ठी में थे। थारू लाल के माँगने पर उसने चंद पसीने से शराबोर सिक्के काउंटर पर बिखेर दिये। इन सिक्कों को देखने से घिन आती थी। थारू ने एक लालची अंदाज़ से सिक्के उठाकर अपनी जेब में डाल लिए और अपना हाथ पतलून से पोछने लगा।

थारू ने एक मग़रूराना अंदाज़ से पान शॉप की ओर देखा। एक अधेड़ उम्र का शरीफ़ आदमी जिसका मुँह कान तक तमतमा रहा था, धीरे-धीरे पान शॉप के सामने की तीन सीढ़ियों से उतर रहा था। नीचे उतरते हुए उसने पान शॉप के पहियेदार तख़्तों से खड़िया से साफ़ किये हुए सुन्दर शीशों में से अपने शराफ़त से भरपूर चेहरे के धुँधले अक्स को देखा और दुखी हो गया—क्योंकि वह बदमाश नहीं था।

''पान शॉप का मालिक चार दिन में भी इतना सूद जमा नहीं कर सकता।'' थारू ने अपनी जेब में सिक्कों की झंकार पैदा करते हुए कहा।

फिर थारू एक व्यर्थ, बेकार गुरूर के जज़्बे के साथ आस-पास के दुकानदारों की आमदनी का अंदाज़ा लगाने लगा।

इस व्यर्थ जमा-खर्च में बेगम बाज़ार के सामर्थ्यों का कोई

हस्तक्षेप न था। उसकी आय असीमित थी। और थारू की सीमित कल्पना से बहुत ही परे।

हाँ! आधुनिक 'दाफ़े चंबल द्वार' के नुस्ख़े की क़ीमत ज़्यादा से ज़्यादा दो आने होगी। गंधक, राल, सुहागा, फिटकिरी एक हिस्सा और नीला तूतिया 1/5 हिस्सा और एक गुप्त चीज़ जो इस नुसख़े की सफ़लता की कुंजी है और जिसने उस इत्तरफरोश को आविष्कारक की उपाधि दी है वह भी एकाध पैसे में आ जाती होगी। उसमें वह कमाता क्या है। ओसाकाफ़ियर के व्यवस्थापक को कमीशन बट्टा से मिलता ही क्या होगा—हेयर कटिंग सैलून वाले एक कटिंग से चार आने-पाँच आने कमा लेते होंगे— थारू ने एक बार फिर चमकती हुई आँखों से पान शॉप की ओर देखा।

—उसकी पतलून की जेब में पसीने से भीगे सिक्के उसकी रानों को गीले-गीले लगने लगे।

उस समय ओसाकाफ़ियर का व्यवस्थापक आया।

सप्ताह भर उसकी दुकान पर केवल परचून के चन्द ग्राहकों के और कोई न आया था। दशहरा, शबे-बरात या दीवाली में अभी ढाई-तीन महीने बाक़ी थे। क्या ओसाका का बड़ा आफिस अक्तूबर तक इंतज़ार करेगा? समीम (ख़ान ज़ादा) का चेहरा काफ़ी काला हो गया था और उसके पिछले एक डेढ़ सप्ताह में इतने वृद्ध दिखाई देने का कोई विशेष कारण था।

समीम ने अपने आपको आरामकुर्सी पर गिरा दिया। थारू बोला।

"ये पान शॉप का काम हमारे कामों से इस समय अच्छा भी है और बुरा भी।"

"आमदनी—हम करक्कस के चश्मे और फ्रेम ख़रीदते हैं। अक्स लेने के लिए साधारण प्लेटें और लिखे हुए काग़ज़ लाते हैं। कभी-कभी हमारा नुक़्सान भी हो जाता है। पान शॉप में पल्ले से क्या ख़र्च करना पड़ता है। यदि कोई मीयाद के बाद ली हुई रक़म से तिगुनी रक़म की चीज़ छुड़ाने न आ सके तो सब कुछ अपना—और एक बड़ा सा डकार।"

“बुरा कैसे?”

“बुरा! बुरा—इसमें धोखा होने का संदेह है। ये लोग दूसरे का माल अपने पास गिरवी रखते हुए और बिना महसूस किये हुए अपनी अन्तरात्मा ग्राहक के सामने गिरवी रख देते हैं और यहाँ से कभी-कभी कोई हसीन लड़की अपनी रोमांटिक-प्रेम की ज़िन्दगी की सबसे प्यारी और आख़िरी निशानी देकर हसरत की हालत में अपने रँडवे हाथ को मसलती हुई चली जाती है। यदि हमारी सुनहरी ज़ुल्फ़ों की कोई क़ीमत हो तो ये लालची आदमी उनको भी गिरवी रख लिया करें। यदि किसी शरीफ़ अधेड़ उम्र के आदमी की शराफ़त बिकाऊ हो—तो ये लोग उसे भी गिरवी रखने से पीछे न रहें।

और थारू मुस्कुराकर घमंड से सिक्के अपनी जेब में उछालने लगा।

दो घण्टे से थारू ने चंद साधारण प्लेटें बर्फ़ीले पानी में डाल रखी थीं। अब वह उनसे काग़ज़ पर अक्स उतारना चाहता था। उसने पानी में हाथ डाल कर देखा। पानी गर्म हो चुका था और साधारण प्लेटों पर मसाला पिघल कर लावा के रूप में बदल गया था। थारू के रोंगटे खड़े हो गये।

इस तरह उसे छह रुपये का नुक़सान था। एक ऐनक की बचत से तीन गुना ज़्यादा नुक़सान।

थारू एक अँगड़ाई लेकर समीम के पास बैठ गया। उसे यूँ महसूस हुआ जैसे एक क्षण में उसकी शक्ति उसके शरीर से खींच ली गई हो। थारू टकटकी बाँध कर पान शॉप की ओर देखने लगा। शीशे के पीछे सोने का सेकण्ड्स क़ानूनी वक़्फ़ा की किताबों पर लटक रहा था। एक कोने में कांसे और पीतल के फ़िलिस्तीनी प्यालों के रूप के गुलदस्ते और लम्बी-लम्बी टाँगों वाले कुलंग पड़े थे। फ़र्नीचर की दो पंक्तियों में अख़रोट की लकड़ी में कश्मीरी तराश का एक बड़ा सा गणेश भी दिखाई दे रहा था और एक दीवार के साथ पान शॉप का मालिक एक लोहे की तलवार पर अपनी कोहनियाँ रखे...

ओक प्लाई के डार्क रूम में दम घुट जाने पर थारू ने एक गहरा साँस लिया और फिर काग़ज़ पर नक़्श को मिलाने वाले मिश्रण को हिलाता रहा। उस समय पसीना उसकी कमर से होकर घुटनों की

पुश्त पर बूँद-बूँद टपक रहा था।

शायद थारू ओक प्लाई के डार्क रूम में पिघल कर अपनी जान दे देता। यदि समीम ओसाकाफ़ियर को बन्द करते हुए उधर आ निकलता। थारू ने समीम की आवाज़ पर बाहर आते हुए आहिस्ता-आहिस्ता अपनी क़मीज़ उतारी। उसमें से पसीना निचोड़ा और कमीज़ को पानी के एक टब में छोड़ दिया और हाँफते हुए बोला—

"आजकल ईमानदारी के काम में पड़ा ही क्या है?"

—और अंतर्राष्ट्रीय कारोबार पसंद करने वाले थारू ने एक फटी हुई बनियान आहिस्ता-आहिस्ता सिर से नीचे उतार ली।

पानी के टब में थारू की कमीज़ की जेब में से काग़ज़ का एक पुर्ज़ा निकल कर पानी पर तैरने लगा। उस पर लिखा था—तीन आने का मिश्रण, दो आने यूनियन का चंदा, एक पैसे की गंडेरियाँ, कुल सवा पाँच आने।

थारू बोला, "ये मेरी तमाम दिन की आमदनी और खर्च है—तुम कुँवारा देख कर मज़ाक करते हो—ब्याह—मुहब्बत कितनी मीठी चीज़ है। परन्तु खाली पेट में तो पानी की चीज़ भी जाकर तड़पा देती है।"

ओसाक़ाफ़ियर का व्यवस्थापक मूरत बना थारू के दुखी चेहरे की टेढ़ी-मेढ़ी झुर्रियों की ओर देखता रहा और बोला—

"तुम ठीक कहते हो भाई—ईमानदारी के काम में रखा ही क्या है—ओसाका से चिट्ठी आई है। यदि छह माह के अन्दर कैफ़ियत के नक़शे में आमदनी की मद भारी या कम से कम ठीक दिखाई न दी तो ये दुकान दिल्ली के दफ़्तर से जोड़दी जाएगी।"

कुछ क्षण के लिए दोनों ख़ामोश रहे। फिर थारू बोला—

पान शॉप का मालिक दस से साढ़े बारह प्रतिशत तक फ़र्नीचर पर दिए हुए रुपयों में से काट लेता है। आमतौर पर नेशनल बैंक और पालने के सोने पर एक पैसा प्रति रुपये सूद लेते हैं। परन्तु इधर देखो समीम, तस्वीर की ओर मत देखो। तुम्हें वे लड़की याद है ना, जिसने मजबूरी और हसरत की स्थिति में अपनी प्यारी चीज़ पान

शॉप के मालिक को दे दी थी—उसकी अँगूठी की क़ीमत अस्सी रुपये थे।

ख़ानज़ादा उछल पड़ा—थारू बोला।

पान शॉप के मालिक ने स्वयं मुझे बतलाया है—उसकी क़ीमत उसने तीस रुपये डाली—सिर्फ़ तीस—मैं सच कहता हूँ तीस रुपये, और एक आना प्रति रुपया सूद लगाया। मीयाद 31 अगस्त तक है, पहली भी नहीं—इसके बाद वह अँगूठी उसी लुटेरे और दरिन्दे की होगी।

एक चीथड़े से किसी तस्वीर की पुश्त को साफ़ करते हुए थारू बोला।

मेरी जेब में कच्ची कौड़ी भी नहीं—दुकान में न साधारण प्लेटें हैं न काग़ज़, दो सौ वाट वाला एक बल्ब फ्यूज़ हो गया है। मैं काम कैसे कर सकता हूँ।

ख़ानज़ादा ने ओसाका से आई हुई चिट्ठी जेब से निकाली और दसवीं बार उसे पढ़ने लगा।

कुछ क्षण विचार में लीन रहने के बाद थारू ने तस्वीर और चीथड़े को मेज़ पर रख दिया और बोला—

बेगम बाज़ार की अशुभ दुकान फिर अपनी दुख भरी कहानी को दोहराएगी—जल्दी ही ख़ाली हो जाएगी। इंटरनेशनल फोटो स्टूडियो का काम लेनिनग्राद टुम्बक्टू या होनो लूलू तो फैला होना एक ओर रहा। वह तो बेगम बाज़ार से नशेबी चौक तक भी पहुँचने में असमर्थ रहा—और क्या भाई—आजकल ईमानदारी के काम में रखा ही क्या है?

समीम ने सिर उठा कर देखा। सामने थारू खड़ा था। थारू जिसका शरीर और आत्मा दोनों विकसित हो चुके थे।

पान शॉप का मालिक और थारू स्थानीय कॉटन मिल के हड़ताली मज़दूरों का प्रदर्शन देख रहे थे। अचानक पान शॉप के मालिक ने थारू को अन्दर ले जाकर एक छोटा सा काग़ज़ साम्ने रख दिया।

थारू का चेहरा कान तक तमतमा उठा। उसकी आँखों में ख़ून

के आँसू उतर आये। हकलाते हुए उसने कहा—"दस प्रतिशत? द—द—स प्रतिशत ही बहुत है।"

"तुम्हें ये ख़ास रिआयत है—वर्ना बारह से कम नहीं।"

"तुम कैमरे को फ़र्नीचर में क्यों गिनते हो?"

"वह आभूषणों में भी तो गिना नहीं जा सकता।"

थारू लाल ने फिर एक बार काग़ज़ पर नज़र डाली और अपनी आग भरी आँखों को ऊपर उठाते हुए कहा—

"31 अगस्त को नहीं—तुम मुझे लूटना चाहते हो—पहली की शाम तक, बाबू लोग पहली को ही पैसे देते हैं।"

बात केवल ये है कि 31 अगस्त की रात को मैं शिमला जा रहा हूँ। वर्ना पहली हो जाती तो क्या परवाह थी—आमतौर पर इस मामले में ग्राहकों की रज़ामन्दी की ज़रूरत होती है—परन्तु—

स्थानीय कॉटन मिल के हड़ताली मज़दूरों की भीड़ को चीरते हुए एक व्यक्ति बाहर निकला। उँगली से माथे पर से पसीना पोंछते हुए उसने पान टिकट निकाला। बयालीस रुपये पान शॉप के मालिक की मेज़ पर रख दिए और सिंगर मशीन छुड़ा कर इस तेज़ी से भागा कि धागे की गोली दुकान के अन्दर गिर कर उसके पीछे-पीछे घिसटती हुई दरवाज़े की एक दरार में टूट गई।

थारू ने काँपते हुए हाथों से कागज़ पर हस्ताक्षर कर दिए। पान शॉप के मालिक ने एक डिबिया खोलते और बंद करते हुए कहा।

"एक गवाही भी डलवा दो ना—ख़ी ख़ी—अनौपचारिक तौर पर ज़रूरत होती है ना—ख़ी ख़ी—!"

ओसाकाफ़ियर के व्यवस्थापक को ले आओ।

थारू के हाथ काँपने लगे। वह भी समीम की तरह अधिक उम्र का नज़र आने लगा। थारू खाँसते हुए बोला—

"परन्तु मैं समीम के सामने रुपया लेना नहीं चाहता।"

पान शॉप का मालिक ड्रामाई अंदाज़ में हँसने लगा। हंसते हुए उसने सामने लटकते हुए झूमरों की ओर इशारा किया और बोला—

"वह समीम की पत्नी के हैं।"

अब थारू ने जाना कि क्यों समीम एक हफ़्ते में ही वृद्ध दिखाई

देने लगा था। उसने चुपके से प्रमाण-पत्र पर भी हस्ताक्षर कर दिए। पान टिकट हाथ से लगाया और किसी दूसरे दुकानदार की गवाही डलवा दी।

फिर वह पान शॉप के पहियेदार तख़्तों में खड़िया मिट्टी से साफ़ किये हुए सुन्दर शीशों में अपने से उम्र में बड़े और ईमानदार चेहरे और धुंधले अक्स को देखते हुए पान शॉप की सीढ़ियों पर से उतरा। उसकी आँखें पूरी तरह गीली हो गईं—क्योंकि वह ईमान बेचने वाला और बुरा व्यक्ति नहीं था।

31 अगस्त तक थारू सूख कर काँटा हो गया। वह उसी रस्सी की तरह हो गया था जो जल जाने के बाद भी वैसा रूप रखती है। उसे किसी ओर से आमदनी की सूरत नज़र न आती थी। उस पर यम-यातना की सी कैफ़ियत व्याप्त हो गई। जबकि आदम मायूस होकर आसमान की ओर सिर उठा देता है—ईमानदार की ईश्वर मदद करता है—ईमान की कमाई—ईमान की कमाई में बरकत—ईमान—लानत—

ओसाकाफ़ियर का व्यवस्थापक थारू के पास आया। मायूसी के अंदाज़ से उसने अपने आपको एक कुर्सी पर गिरा दिया और बोला—"पान शॉप में एक कैमरा दिखाई देता है।"

थारू लाल ने लज्जित होकर सिर उठाया और एक गहरी नज़र से पान शॉप में देखते हुए बोला—

"हाँ—दिखाई देता है—और झूमरों की एक जोड़ी भी—"

ख़ानज़ादे ने एक ठण्डी आह भरते हुए कहा—"कितनी मीयाद है?"

"31 अगस्त—और तुम्हारी?"

"31 अगस्त!"

"कोई नहीं—और तुम्हारी?"

और दोनों ने एक ठण्डी आह भरते हुए सिर झुका लिया।

❑❑❑